Franziska König

Der fünfte Teller

Journal

Realdoku
aus dem wahren Leben

Meinem liebsten Ming gewidmet

© Mai 2022 von Franziska König
Cover: Gemälde von Erika König „Ming in der Kuschelecke"
Covergestaltung: Franziska König & Agentur Baumfalk Aurich
Herstellung und Verlag: BoD – Books on Demand Norderstedt
ISBN: 9783756220809

Franziska (Kika) mit ihrer Violine – fotografiert von ihrer lieben Freundin Ute Bott aus Rottweil.

„Wenn ich dereinst verstorben bin, so schweigt auch meine Violine!" sagt sie.

Drum bringt Franziska alle vier Wochen ein schlankes bis vollschlankes Taschenbuch heraus.

Erzählt werden Geschichten aus dem wahren Leben, die von erhöhtem Interesse sein dürften.

Jeden vierten Dienstag um 18.05 wird das fertige Manuskript in die Umlaufbahn entsandt.

Die meisten Vorkömmlinge
finden sich im Personenverzeichnis
am Ende des Buches

Hier die Familie vorweg:

Buz (Wolfram), unser Papa (*1938) Professor für
Violine an der Musikhochschule in Trossingen
Rehlein (Erika), unsere Mutter (*1939)
Ming (Iwan), mein Bruder (*1964)

Ein Buch ohne Vorwort.
Sie können gleich anfangen zu lesen…

Juli 2003

Dienstag, 1. Juli
Ofenbach/ Niederösterreich

Sehr heiß und schön sonnig,
doch hin und wieder wurde die Sonne
von einem Wolkenstaubwedel hinweggewischt.
Am Abend regnete es

Beim Einschlafen mußte ich über die Feindschaftspflege im Alter nachdenken. Lustvoll begibt sich der Alternde in einen Zirkukuls Diaboli aus dem es kein Entrinnen mehr gibt.

Beständig sucht man nach Untermauerungen seines Dauergrolls.

Und während ich noch darüber nachdachte, wurde ich dem Irdischen in einen Traum entsogen: *Beim Planschen im Meer bildete sich vor meinen Augen überraschend ein riesiger Tsunami.*

Schließlich hatte ich mich aber doch auf die Füße gewuchtet. Ich wollte Ming eine Freude bereiten, und deckte den Frühstückstisch auf der Terrasse schön wie in einem Pfarrhaus am Sonntag. Sogar die Milch schäumte ich kunstvoll auf, so wie Ming sie in seinem Morgenkaffee liebt.

Nach einer Weile saßen wir auf Art eines älteren Ehepaares am Tisch. Ming war mit den Gedanken ganz woanders, und sagte allenfalls gelegentlich und einsilbig: „M-hm", so daß man hätte meinen können, die Erbmasse von unserem Onkel Eberhard bräche sich Bahn.

„Ich finde Männer so langweilig!" maulte ich, „man weiß gar nicht, was man mit ihnen so reden soll. Welch Glück, daß ich nicht verheiratet bin."

Dies sagte ich, obwohl ich doch in den Fantasien meiner Tante Bea stocksauer und sehr verbittert bin, daß ich sitzengeblieben und keinen vernünftigen Mann abbekommen habe.

Versuche ich dem Beätchen zu erklären, daß ich im Alter keinen alten Tatterich am Bein haben möchte, so denkt die Bea: „Da machtse sich was vor!" Und da sie von diesem Gedanken nicht abrücken möchte, habe ich mich nun damit abgefunden und versuche mich somit beätchenkonform zu fühlen wie eine verbitterte Sitzengebliebene.

Tatsächlich hätte ich im Leben einige wenige Chancen auf ein Normglück: Thomas, Gustavo, Xie, Herrn Heike? Mit ein wenig Glück sogar den ein oder anderen Professor der Musikhochschule, dem ich damals in jungen Jahren nicht ganz gleichgültig war, bei dem man nur hätte beherzt zugreifen müssen – doch mir ging's wie der Prinzessin in der Geschichte vom König Drosselbart. Keiner schien mir auf Dauer tauglich.

Nach dem Essen machten wir es uns auf der Terrasse gemütlich. Ming las das Buch über jenen, der über das Kuckucksnest flog weiter, und es fehlten ihm bloß mehr 15 Seiten. Man liest, und sieht die Ziellinie vor sich.

Ich bat Ming, mir auf englisch vorzulesen, und einmal sprach es *aus* mir, und ich machte eine leicht spöttisch klingende Bemerkung darüber, daß es so akzentvoll klänge, als würde Buz mit der Swetlana telefonieren.

Das war gewiss nicht so nett von mir, da Ming davon leicht einschnappte. Ming meinte gar, bei mir und bei Buz und Rehlein würde man sich ständig fühlen wie ein Prüfling, der sich hätte besser vorbereiten sollen.

Wieder hatte ich die Situation ungenügend – nämlich überhaupt nicht - von der Seite des Betrachteten aus betrachtet.

Doch als Ming dann etwas öliger im Klange, sprich, mehr Mut zur Lächerlichkeit las, überzeugte es mich schon mehr.

Da erst wurde mir klar, daß solch harsche Kritik letztendlich doch auch etwas Gutes bewirkt. Riefe man Gidon Kremer an und sagte: „Was spielen Sie denn immer so artifiziell, unnatürlich verfeinert und überinterpretiert?" So würde er hocherbost den Hörer aufklatschen. („Hat Sie jemand um Ihre Meinung gebeten?!?") Doch am nächsten Abend würde er anders spielen.

Wir verstanden uns wieder gut, und ich erzählte Ming, wie die meisten Deutschen sich gekränkt fühlen, wenn man die Qualität ihrer amerikanischen Aussprache in Zweifel zieht.

Dann las ich in Mings Aura die „Glücksformel" und geriet über den Text hinweg ins Plappern.

„Wenn ich dieses Buch endlich zuende gelesen habe, so bekommt´s der Herwig geschenkt!" rief ich aus, und sann bereits darüber nach, was auf dem Brieflein stehen würde, das ich dem Geschenk beifügen würde:

„Lieber Herwig! Ich habe im Leben sehr viel über Dich nachgedacht. Vieles, was ich gedacht habe war falsch, manches gar überflüssig – doch jetzt könnte ich mir vorstellen, daß Du nach der Lektüre sagen würdest: „In meinem Leben ist zwar alles blöd gelaufen, aber ich bin glücklich!" – Ein Hans-im-Glück-Gefühl wünsche ich Dir. Erst wenn man sich von all dem irdischen Ballast und seinen eigenen Spinnereien befreit hat, kann man glücklich werden!"

Doch das stimmt nicht.…sann ich weiter: Das Glück fußt auf vier Säulen, von denen eine unsichtbar ist: „Gesundheit". Wenn man nicht darüber nachdenken muß, bleibt Unzufriedenheit über die Finanzen, sein Äußeres, die Mitmenschen, die künstlerische Durststrecke, die hinter einem liegt, und die künstlerische Kahlfläche, die vor einem liegt. Um dauerhaft glücklich zu werden – sprich, nicht nur minutenweise, wie in manch einem Schlager besungen – sollte man sein Hirn auf die Größe einer Rosine schrumpfen lassen.

Zu diesem Zwecke lege man sich kopfbedeckungsfrei in die pralle Mittagssonne.…"

Ich hatte gar nicht bemerkt, daß ich die ganze Zeit laut gedacht hatte, aber einmal schäumte der lesende Ming kurz auf, weil ich ihm dauernd dazwischenredete, so daß er mit seinem Buch womöglich niemals fertig wird?

„Daß man für 15 Seiten zwei Stunden braucht, ist mir noch nie untergekommen!" sagte er im Stile vom Herwig.

Heut übte ich sehr fleißig auf meiner Violine. Ich heftete eine 45 minütige Schulstunde an die andere, und Mittags schaute ich „Vera", obgleich es mir, wenn Ming da ist, kein übermäßiger Genuß ist:

Eine Frau, die gestern dreißig geworden war, und somit in einem neuen, deutlich unfrischeren Lebensabschnitt stak als noch vorgestern, litt darunter, daß ihr zehnjähriger Sohn in die Jugendpsychiatrie eingeliefert worden war. Er war gewalttätig und aggressiv geworden, und die Frau tat mir so leid, da es kaum etwas Schlimmeres gibt, als Problemkinder.

Außerdem hatte sich ihre Oberlippe selbstständig gemacht, und bewegte sich neurosenbedingt immer ganz von alleine und gegen ihren Willen.

Ming und ich kochten. Es gab Maiskolben und eine köstliche warme Zwiebel-Tomatenspeise.

Vor dem Badezimmer entdeckte ich einen kleinen Zwerggrashüpfer, und versuchte ihn zu retten, bevor jemand drauftappt. Doch mitten im Rettungsvorgang starb der kleine Grashüpfer an Altersschwäche. Ein bewegender, bestürzender Moment!

Der lesefreudige Ming las jetzt Tom Sawyer auf englisch, und währenddessen hörte man in den Nachrichten, daß das Wetter wieder kalt und regnerisch zu werden droht. Außerdem sah man einen Videoklip, den der Menschenfresser Armin Meiwes aus Rotenburg nach einem gemeinsamen Segelausflug für seine Freunde gedreht hat. Er sprach rührend warm: „...hat mir so viel Freude bereitet!" und zum Schluß sagte er freundlich: „Euer Armin!"

„Schade, daß der Armin so entgleist ist!" sagte ich wertungsfrei wie die Omi.

Abends sehnte ich mich nach der Omi, und rief sie an. Die Omi meinte, es ginge mit ihr bergab. Sie sitzt jetzt da, und wartet auf den Sensemann.

Noch vor wenigen Worten hätte sie bei seinem Erscheinen gesagt: „Liebes Herr Todchen! Noch einige drei Tage!" Doch heut würde sie sagen: „Da bist du ja endlich! Das hat aber gedauert. Heiliger Strohsack!"

Rehlein am Telefon berichtete, daß das Beätchen wegen meinem Brief neulich so böse gewesen sei. ‚Ich hätte mich da rauszuhalten, und es sei unverschämt!' habe die Bea Rehlein als Mutter höchst unschön begackert. Davon fühlte ich mich seelisch in die Tiefe gesogen und auch beim Duschen mußte ich pausenlos darüber nachdenken. Ich hatte schlicht vergessen, daß die Erwachsenen es hassen, kritisiert

zu werden, weil ich stattdessen fehlgedacht hatte, sie
würden in sich gehen und sich bessern.

Doch da kennt man die Erwachsenen schlecht…

Abends regnete es los, und bei Dunkelheit mußten
wir die Wäsche retten.

Bei den Vitzthums habe ich mich noch immer
nicht gemeldet, weil ich ja abends immer dichten
muß. Nicht selten geht der ganze Abend für die
Dichterei ins Tagebuch drauf.

Mittwoch, 2. Juli

Wundersamerweise meistens schön

In der Nacht träumte ich depressionsschürend und
anstrengend in einem:

*Für den „Musikalischen Sommer" war blitzschnell
vereinbart worden, das Ravel Trio aufs Programm zu setzen.
Sebastian Hess, ein renommierter Cellist aus Bayern, hatte
gelobt, die Noten vorbeizubringen, und von allen Seiten her
hieß es streng und scharf, ich müsse unbedingt zuhause
bleiben, um die Noten nicht zu verpassen. Doch der Sebastian
kam nicht – auch wenn ich noch so herbeisaugend auf die wie
gefegt wirkende Graf-Enno Straße schaute, und den Kopf bis
zur Schmerzesgrenze Richtung Horizont bog.*

Im frühen Morgengrauen schlich ich durch die
Wohnung, und das Wetter, an dem wir bislang so

viel Freude hatten, sah trübe und verquollen aus. Grünlich, häßlich und unfreundlich, die Wolken euterprall mit grauem Regenwasser vollgesogen, so als wolle uns Mobbl im Jenseits bedeuten: „Ihr trauert ja überhaupt nicht um mich! Ist doch alles nur Geschwätz!"

Ich nahm mir vor, mich bei der Frühstückszubereitung so anzufühlen, als sei Ming der neue Geistliche, und ich seine neue Haushälterin, die sich noch bewähren muß, bevor sie sich wie eine Ehefrau fühlen darf.

Mir fiel eine Eigenschaft vom Beätchen ein:

Die Neigung, jemanden unschön vor den Kopf zu stoßen.

Dann wiederum mußte ich dran denken, daß ich es so nett fand, daß das Beätchen im Jahre 1999 mal mein Glück in die Hand genommen hat, als sie einfach frisch von der Leber weg zu mir und dem Arthur sagte: „Warum heiratet ihr eigentlich nicht?"

Ich fand das damals sehr nett und aufmerksam, zumal man zu einem solch bedeutsamen und zukunftsweisenden Ratschlag viel Mut bündeln muß. Doch eine hochneurotische Frau wie beispielsweise das böse Uschilein hätte an meiner Statt womöglich ausgerufen: „Da hast du dich rauszuhalten!"

Jetzt frühstückte ich mit Ming.

Ming - zwar gutmütig gestimmt - verdächtigte mich, statt des Kathreiners echten Kaffee genommen zu haben, und hinzu einen, den man doch hätte filtern müssen, und beklagte, daß die

Tasse davon einen ganz schwarzen Innenrand bekommen hatte.

Um zwölf Uhr schaltete ich gewohnheitsmäßig „Vera" ein:

Eine burschikose junge Frau mit multikolorierter Bürstenfrisur sagte einem schlappen Typen die Meinung. Einem weibischen Menschen mit ganz toten Augen. Es handelte sich offenbar um einen Nichtsnutz und Schnorrer, der sich durchfüttern ließ, und hinzu schlecht über seine Gastgeberin sprach, auf die er heimlich ein Kopfgeld von hundert Euro angesetzt hatte.

Der „Angeklagte", der rhetorisch leider nicht so begabt schien, wurde nun von links und rechts von zwei aufgebrachten Frauen befaucht und verbal behackt.

Zum Kochen (Reis mit Lauch und Zucchini im Wok) schauten wir „Britt", wo ein erbitterter Zwist ausgefochten wurde. Zwei Töchter stritten auf ihre Mutti ein, und solcherlei Zwistverzwirbelungen lassen sich tatsächlich nur lösen, wenn man einander das Hirn auspustet.

Ming lag im Garten in der Sonne, und ich beplapperte ihn damit, wie das wohl wäre, wenn er plötzlich spürt, daß ihm etwas über den Rücken kriecht. Und wenn er sich umdreht um nachzuschauen, sieht er eine grüne Mamba, die es sich nun auf seinem Rücken bis auf weiteres gemütlich macht.

Etwas, das einem Ehepaar aus Erkelenz tatsächlich widerfahren ist, auch wenn es bei denen bloß ein Phyton war, der abends einfach ins Wohnzimmer kroch.

Nachmittags brach ich zum Einkaufen auf. Ming mähte den Rasen und rief mir zu, daß ich hundert Deka Prosciutto mitbringen möge. Doch dies wäre ja ein Kilogramm gewesen.

An der Fleischtheke bemühte ich mich sehr, österreichisch und einheimisch zu klingen, doch es gelang mir nicht. Das Klassenzimmersyndrom vor mir selber←hahaha!

Dann kaufte ich mir ein interessantes Eis der Firma „Cremissimo": Eis-Patisserie! Dies tat ich, dieweil man heut morgen mit einer Ärgerlichkeit konfrontiert worden war: Ming hatte gestern vergessen, das Eis in den Kühlschrank zu stellen, so daß bloß mehr eine klebrige und süße Suppe im Plastikbehälter schwamm.

In „Hallo Deutschland" gab's etwas Unterhaltsames zu sehen: Die geheimen Staatsakten über die „Affäre Friedman mit Prostituierten aus Osteuropa" wurden irrtümlich einem schlichten Pizzabäcker zugefaxt, und die Erzählstimme frug launig: „Wer war das? Eine schusselige Staatsanwältin? Ein Intrigant? Ein Antisemit?"

Abends riefen wir den Onkel Andi an, der heut seinen 54. Geburtstag feiert, und erfuhren, daß die

Lisel derzeit in Amerika sei, dieweil ihnen der Storch am 22. Juni einen ersten Urenkel beschert hat. Doch Uropi Andi hatte vergessen wie er heißt.

Einmal entspannte ich den gelben Sonnenschirm im Garten so ungeschickt, und Mings sanft tadelnd hinterfragende Art treibt mich oftmals auf die Palme, so daß ich sehr an mich halten mußte, die Vorsätze aus der Glücksformel – nicht immer gleich Gegengift zu spritzen – durchzuhalten. Doch mir gelang´s! Ich versetzte mich in Ming hinein, und spürte den Tadel aus seiner Sicht nach.
Und Ming hatte Recht: Erst denken, dann handeln!

Heute joggte ich allein. Ich rannte bis nach Schleinz, dieweil Ming dafür so emsig im Garten geschuftet hatte, daß der frischgemähte Rasen wie die Frisur eines Herrn nach einem Frisörbesuch ausgeschaut hat.

Wieder daheim rief ich die Vitzthums an.
Der Georg klang müde und erfreut in einem, und wir verabredeten uns für viertel nach neun zu einem Umtrunk.
Zuerst spielte ich mit Ming noch den ersten Satz vom Milhaud-Trio, einem Werk, das Ming im Sommer mit zwei weitgereisten Interpreten (Sharon aus den USA, und Dodik aus Rußland) spielt, und gab mir große Mühe, initiativ, lustig und peppig zu spielen. Hernach spielten wir Simchas Torah aus Baal Shem, einem - wie ich finde - nur

pseudogenialen Werk. Ming wollte die Triolen etwas klebriger und trioliger haben, und als ich´s machte, freute sich Ming, da man den klagenden Unterton auf diese Weise deutlich besser zur Geltung bringen konnte.

Da Ming immer so viel vor hat, war ich heut allein bei den Vitzthums.

Wir saßen im Garten, und ich erfuhr, daß der 83-jährige Vati von Frau Vitzthum nach seiner Bein-amputation immer noch Lebenslust hat, dieweil er so gerne Krimis liest, und aus der Spannung, wer wohl der Mörder sein mag, eine gewisse Lebensfreude schöpft. Aber vielleicht auch daraus, daß Andere noch ärger dran sind als er, indem sie nämlich ermordet wurden.

Mit ihrer Tochter Marion haben sich die Eheleute noch nicht wieder angewärmt, obwohl die Marion die verhängnisvolle Affäre mit ihrem Freund beendet habe. Der Freund beharrte auf aufdringlichste Weise darauf, daß die Vitzthums 781 €uro Gerichtskosten auf sich nehmen, und drohte, im Verweigerungsfalle Rundbriefe zu verteilen. Zunächst in der Kalgasse, und später im ganzen Ort. Dort würden bedrohliche Einzelheiten solcherart zu lesen stehen: „G.V., der in Wirklichkeit Vladimir Schnjebakow heißt, und dessen Eltern Kommunisten sind…“

*Unter dem Einfluß ihres Freundes und einer Psychosekte stehend hatte die Marion einen unbescholtenen Herrn aus Herrn Vitzthums Kollegenkreis der Unzucht mit Minderjährigen bezichtet.

Der Vitzthum schmunzelte über diesen Unsinn, der nicht mehr ernst zu nehmen sei.

Allgemein rechnet man jedoch kaum damit, daß sich die Marion an Muttis Geburtstag meldet, und die Hand zur Versöhnung ausfährt.

Ich erzählte vom verschwundenen Ehemann meiner Großkusine in Amerika, und naschte dazu viel zu viele Salzmandeln: Am Abend nach der Eheschließung wollte er kurz mal Zigaretten holen und kehrte nicht wieder. „Wie in einem schlechten Roman", fügte ich scherzend hinzu.

Dann lief ich durch die wunderschöne warme Sternennacht über den Kalgassenbuckel hinweg, und dachte mir Opa & Mobbl dazu, damit ich mich nicht so einsam fühle.

Donnerstag, 3. Juli

Manchmal schön sonnig,
und doch regnete es mindestens dreimal
von vorne los

Eine Sache nagte sehr in mir:
Daß Herr Prusch für sein nettes Päckchen und die große Freude, die er mir damit gemacht hat, noch immer keinen Dank erhalten hat.

Im Spiegel sah ich leider häßlich aus. Der gestrige Umtrunk bei Vitzthums schien sich in mein Gesicht gebrannt zu haben. Aus dem Spiegel schaute mich eine verkommene Säuferin mit ganz verschwollenen Schweinsäuglein an. Einen Anblick, den ich durch ein Lächeln zu verhübschen suchte – vergebens! Mehr noch: Beim ungelenken Versuch, durch hascherlshafte Grimassierungen gewaltsam etwas besser auszusehen, fühlte ich mich wie ein Interpret, der ein Werk Beethoven zu einem artifiziellen Klangklumpen verkommen und auftönen lässt, der dem Meister die Haare zu Berge stehen ließe.

Zum Frühstück schauten Ming und ich einen wunderbaren japanischen Film von Akira Kurosawa: „Nach dem Regen". Wir waren begeistert! Wie bei jedem Kunstwerk lernte man ständig dazu:

Über eine wüst keifende Frau („Jemand hat mir meinen Reis gestohlen!!") wurde allgemein gedacht, daß sie ganz unglücklich sei, und es viel besser wäre, wenn alle freundlich zu ihr seien. Ein Herr trat auf die Zeternde zu und sagte freundlich: „Ich entschuldige mich für diesen Jemanden!"

Eine Thematik, die mich heute den ganzen Tag begleitete. Der Gedanke, daß die Feinde, die einem das Leben zur Hölle machen, zutiefst unglückliche Menschen sind, hilft bei der Suche nach dem Glück enorm, denn angesichts dieser bedauernswerten Kreaturen im Morast des Unglücks, ist jedweder Groll zum Zerbröseln verurteilt.

Zur Zeit liegen - sechs angestrickten Strümpfen nicht unähnelnd - sechs begonnene Briefe hier herum. Doch bei meinen Ausloseleien kam kein einziges Mal „Briefschreiben" dran. Schade, denn in diesem zwischenmenschlichen Austausch ist immer ein Launenaufschwung für mich versteckt.

Mein Brief ans Lindalein ist sehr humorvoll, doch er liegt hier herum, die Linda bekommt ihn nicht, und man entfernt sich im übertragenen Sinne mit Lichtgeschwindigkeit vom Lindalein.

Beim Üben wird zur Zeit oftmals das Konflikt-Doc mit dem Beätchen in meinem Kopf geöffnet, so daß ich mich zuweilen beim Auswendigspiel gar nicht gescheit auf meinen Text konzentrieren kann.

Der Konflikt hat sich jedoch bereits ein bißchen abgeschwächt, weil ich heut schon so viel Positives gedacht habe.

Um die Mittagsstund herum ballten sich virtuose Passagen, die ich dem Beätchen schreiben könnte, in meinem Kopf zusammen. Ich könnte ihr auseinandersetzen, daß es nicht nur Hinterbliebene von Verstorbenen und Begrabenen, sondern auch Hinterbliebene von Hinweggeheirateten gibt, die sich durch ihre Heirat in einen Fremden verwandeln. Als gänzlich fremde Ehehälfte entschrumpfen sie dem Leben eines Jemanden, der ihnen einen riesengroßen Platz in seinem Inneren eingerichtet hatte.

Im übertragenen Sinne fühle ich mich mit Ming & Linda so, als hätten Opa & Mobbl sich getrennt, der Opa wäre jetzt mit einer „Mai-Ling" liiert, - die Omi mit einem weißhaarigen „Herrn Schramm", und mir als Enkelin würde befohlen „mich da rauszuhalten".

Doch dem Beätchen könnte man so nicht schreiben, denn die Großeltern sind lange tot, und „der Blick zurück versperrt den Blick in die Zukunft"*.

Zweifelhafte „Weisheit", die von dummen Leuten gerne in den Mund genommen wird.

Man steht – so wie einst Beas Söhnchen Rifflein – fassungslos vor dem zerrieselnden Glück, und kann sich auch angesichts der Gefahr, von herabstürzenden Trümmern erschlagen zu werden, nicht vom Fleck rühren.

*Wenn sich die Tante Bea einst mit ihrem Ex „Ric" zoffte, so gingen ihre drei Kinder höchst unterschiedlich damit um. Die Linda zog sich in ihr Zimmer zurück, um zu studieren, das Jennilein flüchtete zu ihrer Freundin Sandra – und nur das kleine Rifflein – 5 Jahre alt – blieb fassungslos und wie angewurzelt im Bannkreis der verzwisteten Eheleute stehen, unfähig, sich hinfortzubewegen.

Mittags lauerte ich stellvertretend für Ming direkt ein bißchen drauf, ob ich wohl selber mal auf die Idee käme, etwas zu kochen? Doch ich hatte kein Konzept im Kopf, und so gab´s bei uns heut bloß ein Müsli, das wir im Sonnenschein auf der kleinen Terrasse einnahmen.

Das Julchen hatte ein Kärtchen geschickt, das ich auf dem Wege vom Briefkasten zum Tischlein-deck-dich heimlich las. Doch taktvoll tat ich wenig später so, als läse ich den Text „Ich liiiiiiiiiiiiiiiiiiiebe Dich!!!!" zum erstenmal. Vorne steht drauf „Ich muß Dir sagen, daß Du für mich das Größte bist!" und unfassbar wär´s gewesen, wenn der Postbote in einer jäh aufwallenden Schamlosigkeit „Arschloch" zwischen „Größte" und „bist" geschrieben hätte.

Etwas, was das Julchen in dreißig Jahren womöglich selber hinschrübe?

Mittags hatte Ming sich so sehr über das schöne Wetter gefreut, doch wenig später mußte ich bereits von oben herabrufen: „Eine gaaaanz böse Wolke nähert sich!"

Tatsächlich regnete es fortan hie und da.

Nach Art eines Seniorenpärchens nahmen Ming und ich eine Kaffeestunde auf der kleinen Terrasse ein, und ich las aus der Glücksformel vor, um uns mit Techniken vertraut zu machen, wie man sein Hirn neu vernetzt.

Einmal machte Ming sich über Gerswinds kirchliche Hochzeit lustig, und ich belehrte ihn, daß es besser wäre, er würde denken: „Ich bin so dankbar für das wunderschöne Fest, und daß Gerswind und Fritz sich so gut verstehen, daß sie ihre Liebe auch noch kirchlich besiegeln lassen wollten!" Und am allernettesten wäre, Ming würde anrufen um zu sagen: „Ich möchte mich bedanken. Es war ein wunderschönes Fest!"

(Auch wenn dieses Fest bereits sechs Jahre zurückliegt)

Freitag, 4. Juli

Oftmals bräunlich bewölkt

Am Morgen bereitete es mir eine unsäglich Müh, die Eierschalen des Schlafbehagens wieder abzustreifen. Ich träumte, daß *die Omi, alt und krank auf den Exitus wartend, nach Aurich gezogen war.*

Sie zog in jenes Eck, wo die Musikschule steht, und dort konnte man die Omi abends nun öfters auf einer Bank im Windschatten der Auricher Stiftsmühle sitzen sehen.

Nur wenn es regnete, zog sie sich in die angrenzende Teestube zurück. Dort wunderte sich die Omi sehr: Wann immer sie die Teestube besuchte, saß Buz an einem Tisch und löste Kreuzworträtsel, so daß man sich fragen mußte, ob er wohl jemals irgendetwas anderes macht?

In einer Übpause griff ich mir sehr interessiert das Buch vom „Han-Sen", dem „Chinesen mit dem Kontrabaß". Er wurde in Berlin geboren und wuchs dort auch auf, doch mit 16 Jahren mußte er nach China aus- bzw. einwandern.

Er sah aus wie ein Chinese, sprach jedoch (noch) kein Wort chinesisch.

Ming spielte dazu Beethoven, und die erste Seite des Buches, gepaart mit der Musik, berührte mich schon so stark, daß mir die Tränen in die Augen traten.

Später rief Rehlein an, um ganz aufgeregt zu berichten, daß die Margarethe die Noten vom Ravel-Septett noch nicht habe, und am 18.7. ist doch bereits Premiere in den Niederlanden! Etwas, das ich total vergessen hatte. Schon spürte man den Streß des „Musikalischen Sommers" herüberzüngeln, denn Rehlein fand die Noten nicht, und fügte auch gleich ein großes Lamentat hintan. Daß Buz gleich behauptet hat, *ich* hätte die Noten hinweggeräumt, und dies sei auch der Grund dafür, warum sie im Sommer nicht mehr mitspiele.

Als ich später, nachdem Rehlein die Noten gefunden hatte, nochmals anrief, hatte Rehlein so ein übertriebenes Auflegegusto drauf, daß ich mich ganz bekümmert fühlte.

Na, wenigstens ist mein Brief ans Lindalein heute fertig geworden und sogar losgekommen.

Man trauert der Linda und der wunderschönen Zeit mit ihr vielleicht noch ein bißchen hinterher, doch im Grunde habe ich mich damit abgefunden, daß das wohl für lange Zeit der letzte Brief für das Lindalein in Freiheit bleiben wird, wenn auch diese *scheinbare* Freiheit nurmehr eine Fatamorgana ist. In eventuell weiteren Briefen im Leben müsste man dann immer schreiben: „Liebe Linda, lieber Jim!"

Auf der Fahrt im Auto beplapperte ich Ming darüber, wie der Linda meine albernen Zeichnungen auf den Kuverten vor dem Jim womöglich peinlich seien.

„She is a little different!" machte Ming mir vor, wie das Lindalein eventuell sagen würde.

Ming und ich kauften für etwa 60 €uro im Merkur ein, u.a. Sushi, und man fühlte sich währenddessen, in der Vielfalt der Angebote mitwabernd, schlicht wie im Paradies.

Auf der Heimfahrt erzählte Ming, daß der Friedel die Hilde besucht habe. Doch die Hilde habe, der Mutterschaft geschuldet, an Reiz eingebüßt: Auf ihrem Haupt sprießt eine streichholzkurze Frisur, die ihr überhaupt nicht steht, und außerdem sei sie ein wenig aus dem Leim gegangen. Kurzum: All das, was den Friedel so bezaubert hatte, ist nach der Geburt des zweiten Kindes verschwunden.

Zum Mittagessen nahm ich dieses Konversationsfädchen wieder auf und erzählte, daß die Hilde jetzt als Mutter zweier Kleinkinder sehnsuchtsvoll dran denkt, daß man schöne Reisen machen und konzertieren solle. Weltweit.

Ming wirbelte eine Psychologisierungsfrage auf, an der ich sehr gern herumdiskutierte: „Seltsam: Obwohl ich dich so mag, kann ich mir manchmal nicht abgewöhnen, ungeduldig zu sein!" sagte Ming.

Ich wiederum hatte schon mehrfach gedacht, daß mich Mings Art, sensibel und leicht vorwurfsvoll aufzunörgeln zuweilen direkt an die Valerie erinnert, und zur Valerie wollte ich den Kontakt nach dem letzten Brief eigentlich ganz abbrechen.

Doch nach der Umvernetzung meines Gehirns dürfen nun viele abgehakte Freunde wieder hervorgeangelt werden. Man könnte sich beispielsweise auf jene historische Freunde zurückbesinnen, zu denen der Kontakt bereits so lange abgebröckelt ist, daß sie einen womöglich gar nicht mehr wiedererkennen würden – oder aber im Falle eines Wiedersehens sagen müssten: „Moment. Der Name schiebt gleich nach!"

Ming räumte mein Auto aus, dieweil ich ihm erlaubt hatte, damit nach Leipzig zu fahren.

Am Nachmittag stellte Ming sogar das Radio auf die Terrasse, da etwas Ansprechendes lief: Brahms´ zweites Klavierkonzert. Allerdings schlapp und schlecht gespielt, und ich hatte sogar Lisa Leonskaja in Verdacht. Doch es handelte sich um einen 16-jährigen Chinesen, der bei Karlheinz Kämmerling studiert, und beim Reine Elisabeth Wettbewerb in Brüssel den zweiten Preis errungen hat.

Hernach spielte der erste Preisträger Severin von Eckenstein ein Klavierkonzert von Prokofieff, während Ming und ich zur Jausenstund einen Marillenkuchen aus dem Bioladen aßen.

Das selten gespielte und noch seltener gehörte Klavierkonzert klang ein wenig so, als sei der Komponist nicht mehr so recht in die Gänge gekommen.

Die Poppis hatten uns für den Abend ins Theater eingeladen und gelobten, uns abzuholen.

Wir putzten uns fein heraus.

Gerade noch kann ich mir erlauben, einen Mini-rock zu tragen.

Allein der in den Lüften liegende Anmarsch der Poppis versetzte mich in großen Plauderschwung, und ich beplapperte Ming mit kleinen Déjà-Vus, die einen vorfreudigen Menschen zuweilen beschwirren:

Wie den Poppis im Theater siedendheiß einfällt, daß sie uns vergessen haben.

„Geht's auch leiser? Wir sind hier im Theater!" sagt jemand.

„Geh, die Schauspieler werden auch immer schlechter!" sagt jemand verächtlich und arrogant, „jetzt homs wohl jemand ganz besonders preisgünstiges aus dem Osten engagiert!" Und auf der Bühne sagt jemand: „Geh bjitte in Ziiimmber!" Geh bitte auf's Zimmer

Doch die Poppis hatten uns natürlich keinesfalls vergessen, und ich setzte mich neben das Bündel Hund (den Jakob). Der Jakob war sehr anschmiegsam. Doch ich bangte um meinen schönen Rock, und nachdem ich ihn ein paarmal weggeschubbst hatte, blieb er an anderer Stelle liegen, und schaute so traurig aus. Da tat mir der kleine Hund so leid, und ich zog ihn wieder herbei.

Ich erzählte, wie unsere Großtante Irma, ohne es beabsichtigt zu haben, in den Kreis der Kieler Prominenz aufrückte. Das kam so:

Die Irma hatte durch raffinierte Spekulationen einen Batzen Geld erwirtschaftet, und wußte nicht wohin damit. So beschloß sie, ein Symphoniekonzert zu besuchen.

„Bitte den allerschönsten Platz. Geld spielt keine Rolle!" sagte sie dem Fräulein hinter dem Karten-fenster.

Die schönsten Plätze befanden sich oben auf dem Prominentenbalkon. Dort saß die Kieler Hochprominenz, und da die Tante ausschaute wie Maria Callas, die legendäre Sängerin, wurde sie von allen angestarrt, als handele es sich um eine Erscheinung. „Wer aber ruht dann auf dem Friedhof Père Lachaise in Paris?" wurde gedacht.

Doch nicht jeder war so gebildet, dererlei zu denken, und der Bürgermeister schon gar nicht. Und doch zerbrach er sich den Kopf darüber, woher ihm dies Gesicht wohl derart vertraut war.

„Wenn ich nur wüßte, woher ich diese Dame kenne?"

Zwei Nächte später weckt er seine Frau, und sagte: „Jetzt weiß ich´s wieder, wo ich diese Dame kennengelernt habe: „Bei Onassis auf der Yacht!"

Nun saßen auch wir inmitten der Wiener Hochprominenz im Theater im Südbahnhotel auf dem Semmering, und das Publikum wurde in das Theaterstück hineinverwoben.

Der Jakob wartete die ganze Zeit im Auto, und ich überlegte, wie es wohl wäre, das Hundiphon mit ins Theater zu nehmen.

Geboten wurde die Traumnovelle von Arthur Schnitzler.

Einmal war mein Schuh verschwunden, und es war so, daß sich der Poppi einen Schabernack erlaubt hat. Er lachte erheitert und vergnügt über diesen köstlichen Scherz, den er sich mit einer Dame erlaubt hatte.

Nach der wunderbaren Aufführung besuchten wir im Schlepptau der Prominenz die Premierenfeier. Wir waren so begeistert von den Schauspielern. Besonders nett fand ich die Wiener Schauspielerin, die die Albertine gespielt hat, und die sich so viel Mühe machte, alle ins Gespräch zu verweben, statt sich einkanalig auf die Wichtigen zu konzentrieren.

Einmal biß ich bei einem Brötchen direkt auf die hineingestupfte Tomate, so daß es gespritzt hat. Der Poppi lachte so sehr darüber, doch wenig später passierte ihm das Gleiche auch, so daß *noch* prustender gelacht wurde.

Abends spät daheim:

Ming erzählte, daß das Lindalein geschrieben habe. Sie schrieb, daß sie bald anruft, um uns persönlich darüber in Kenntnis zu setzen, daß sie heiratet.

„Und? Hat sie gesagt, ob sie meinen Brief bekommen hat?" frug ich nach Art eines kleinen Töchterleins.

Samstag, 5. Juli

Meist wunderschön.
Hie und da auch zusammengeballte Schmutzwolken

Ab sechs Uhr morgens schlief ich nur noch ganz leicht, da ich es kaum über´s Herz brächte, mich abschiedsfrei von Ming zu lösen. Ähnelnd Buz ist

Ming immer viel netter und zugänglicher, wenn er verreisen „darf", so daß man ihn dann ärger vermisst als nötig.

Somit genoss ich zu früher Stund noch ein wenig am frühstückenden Ming herum.

Wie eine Mutti gab Ming wertvolle Tips, was ich alles essen solle.

„Nicht nur Eis!" sagte Ming freundlich, so jedoch nicht ohne tadelnden Beiklang, „nur ganz gelegentlich als Belohnung!"

„Ich eß Eis nur als Belohnung dafür, daß ich kein Eis gegessen hab!" sagte ich lustig und folgte dem süßesten Schatz sogar im Nachtgewand in den sonnigen Garten hinaus, um ihm bis zum Anschlag hinterherzuwinken.

Jetzt war´s schon kurz vor sieben, und eigentlich fühlte ich mich überhaupt nicht müd. Und trotzdem kroch ich wieder in Opas Bett…diesmal schlief ich richtig gut, und träumte, *daß Ming und Julia ganz früh mit ihrem Kanu hinwegreisten. Sie kamen erst mittags an jener Picknickstelle an, wo ich jetzt saß. (Am Ufer des Neusiedlersees). Ich hatte einen Picknicktisch auf einem großen Holzschiff reserviert.*

Im wahren Leben erhob ich mich in großer Lebensfreude, da mir vier sturmfreie Tage bevorstanden, auf die ich mich sehr freute.

Im Geiste formulierte ich schon wieder an einem Brief an das Lindalein herum, weil es mir nicht schnell genug gehen kann, bis das Lindalein endlich wieder einen Brief von mir aus dem Kasten fischt.

Ich malte mir aus, wie ich dem Lindalein schreibe, daß es in der Welt der Erwachsenen leider die Norm sei, daß - wenn man denn mal einen Brief bekommt - man sicher sein darf, daß so bald kein Neuer mehr nachgeschoben wird. Etwas, dem ich nun entgegen-wirken wolle, indem bereits wieder ein Brief kommt, bevor der andere überhaupt zuende gelesen ist.

Als ich in der Küche stand um Kaffee zu kochen, traten mir auch Briefversatzstücke für meine Freundin Thekla in den Kopf, weil ich es so unglaublich rührend finde, daß sie sich um ein eheliches Glück für mich bemüht hat, und andererseits ist es mir auch peinlich, daß ich es scheinbar nicht genug zu würdigen gewusst habe.

Ich setzte mich hin, schrieb los und erzählte von unseren Freunden, den Poppis. Ich schrieb über den Poppi „...mit dem meine Freundin Renate sehr glücklich verheiratet ist! Mehr noch: Renate und Gerd sind mehr als glücklich" Na, vielleicht reicht´s auch, wenn ich schrübe „glücklich verheiratet" oder am Ende gar „recht glücklich verheiratet", überlegte ich – da Geiger und Schriftsteller meist höchst nuanciert zu denken pflegen.

Mittags klingelte der Konstantin – ein Herr der einst unschuldig im Knast saß, so jedoch wegen erwiesener Unschuld wieder freigelassen wurde.

Er lief durchs Dorf, zeigte allen das Schriftstück, daß ihn als durch und durch ehrenwerten Bürger vollkommen rehabilitiert, und die Ofenbächler nahmen ihn wieder in ihrem Herzen und ihrer Gemeinschaft auf.

„Heute hab ich leider keine Arbeit für dich – aber vielleicht nächste Woche!" sagte ich nett.

Der Konstantin sah so unglaublich traurig und gebeugt aus, und ich fühlte mich wie eine böse Frau, die einen armen Mann, der um ein kleines Almosen bittet, herzlos hinfortjagt.

Man spürte, wie die Umdrahtungen in meinem Gehirn schon ein bißchen genützt haben, weil ich mir jetzt dauernd ausmalte, wie ich es hätte besser machen können:

„Konstantin! Warte einen Moment!" Dann eile ich ihm hinterdrein, erzähle ihm, daß ich eine einsame Frau bin, und bitte ihn, mir Gesellschaft zu leisten.

„Ich zahle 14 €uro die Stunde!" sage ich nett, „nur dafür, daß du mit mir Kaffee trinkst und plauderst!"

Und wenn er dann erfreut und verwundert dasitzt, und sich ein bißchen Mühe gibt, Konversation zu machen, dann füllt sich mein Auraspeicher doch ganz von alleine.

Meist übte ich, doch hie und da arbeitete ich auch an meinen Briefen. Drei wurden fertig, auch wenn sie zur Stund immer noch unabgesandt herumliegen:

Zur Dämmerstund lief ich ins Dorf, um einen warmen Dankesbrief an Jochen Prusch einzuwerfen.

Wieder daheim rief ich die Nani an. Ich erzählte von Onkel Dölein, der alt geworden sei, und im Spätsommer nach Europa kommen will, um alte Freunde und Verwandte nochmals zu besuchen, bevor er dann vielleicht bald schon ganz alt wird – so wie meine Oma in Grebenstein, die leider keine Besuche mehr macht, berichtete ich plastisch.

Kurz vor acht radelte ich zum Friedhof, um Opa und Mobbl zu besuchen. Doch anders als beispielsweise auf dem Grebensteiner Friedhof kann man sich nicht einfach an das Grab setzen und erzählen, was man so alles erlebt hat, da in Horchweite lauter alte Weiberl stehen und tratschen.

Auf dem Friedhof herrscht ein Wimmelleben und nie hat man seine Ruh!

Auf der Grabplatte vom unvergessenen Pannonius* hat Rehlein ein schönes Gedicht über die Zeit anbringen lassen.

*Opas Künstlername

Dann sah ich, daß Frau Hilda Vitzthum morgen den zehnten Todestag „feiert".

Ihre Asche ruht in einer Urne in einem Urnenschrank am Eingang.

Dann wiederum konnte ich mich eigenäugig davon überzeugen, daß im Familiengrab der Familie Frühwirth die frischverstorbene Schwester Maria liegt (1911-2003). Eine so seelengute Frau, die immer nur für die anderen da war, und so viel Liebes und Gutes getan hat, daß man trotz ihres gesegneten Alters von heißen Tränen geflutet wird, wenn man an sie denkt.

Und auch wenn es gewiss nicht ganz billig war, haben die Schwestern zusammengelegt, um für Opa und Mobbl eine Messe lesen zu lassen.

Als ich auf dem Heimweg am dem Haus der Frühwirths vorbeiradelte – einem Häuslein mit liebevoller Ausstrahlung, wo die letzte verbliebene Schwester Anna nun alleine lebt, wirkte das Häuslein so unbewohnt.

Sonntag, 6. Juli

Zuerst etwas grau aber nicht unangenehm.
Nachmittags wunderschön

Um 10:40 kam im SWF eine Sendung mit dem Titel „Das musikalische Quartett" (nach dem Vorbild des „Literarischen Quartetts").

Vier ernsthafte Menschen vom Fach, darunter Lotte Thaler, eine strenge ältere Dame, der ich einmal geschrieben, jedoch nie eine Antwort erhalten habe, diskutierten eine ganze Stunde lang über Dvoraks Neunte.

Doch wie löblich Diskussionen dieser Art auch immer sein mögen - ich wandte mich vom Geschehen auf dem Bildschirm ab und meiner Violine zu.

Nach einer Stunde schaute ich: „Kurt Masur – Politiker wider Willen". Ich fand den Film bewegend und aufwühlend.

Der Ort seiner Kindheit – Brieg – gehört heute zu Polen, und alles schaut mittlerweile ganz anders aus, als damals, als der kleine Kurt noch der kleine Waldbauernbub war. Völlig herabgewirtschaftet und heruntergekommen. Und durch die trostlosen

Straßen führte der gereifte Kurt nun seine gepflegte japanische Ehefrau Tomoko.

Sogar Anne-Sophie Mutter wurde eingeblendet. Man sah sie mit ihren schlanken bloßen Armen Beethovens Violinkonzert interpretieren.

Ferner Gidon Kremer, der sitzend ein georgisches, wahrscheinlich politisch wichtiges Violinkonzert spielte. Mit wie zum Gesang geöffnetem Munde säbelte er einige schroff klingende Akkorde ab, die man im Orchesterlärm jedoch kaum hörte, weil er gern so säuselig am Griffbrett zu spielen pflegt, daß man von der Ferne nur noch ein Rascheln vernimmt. Doch die meisten Leute haben ihre Freude daran, zu *sehen*, wie jemand für sie arbeitet, und so ist's nicht weiter schlimm, auch wenn ich mich fragen mußte, warum dieses Werk wohl als Violinkonzert konzipiert war? War es nicht eher ein Orchesterwerk in dessen Mitte ein vereinzelter Geiger wie der flüssige Kern in einem Ingwer-Bonbon wirkte?

Natalia Gutman schrubbte etwas auf ihrem Violoncello zusammen, und lachte auf die freudlose Art einer Putzfrau, die vom Leben nicht mit Samthandschuhen angefasst zu werden pflegt.

Über Kurt M. sagte sie: „Ich ljiebe ihn! Für iiimmärr!"

Und dabei hat der Kurt zwei Menschen auf dem Gewissen: Seine Frau Irmgard und einen damals 23-jährigen Herrn, der heut so alt wäre wie unser Onkel Andi. (Ein Autounfall am 26.4.1972)

Doch unzähligen Anderen hat er das Leben gerettet, indem er durch seine bewegende Rede ein blutiges Massaker verhinderte. Und dabei sagte er nur ganz normale Dinge, die so oder in abgewandelter Form an jedem Hausfrauenstammtisch zu hören sind. Doch dadurch daß die Worte nun von gewichtiger Zunge gesprochen wurden, schenkte man ihnen Gehör.

Mittags kam eine kleine Reportage über den Lebensbeginn: Im Rudolf-Virchow-Krankenhaus in Berlin kam ein polnisches Mädchen zur Welt und wurde sofort zur Adoption freigegeben. Die Mutti wollte es aus Angst vor ihren Emotionen nicht einmal anfassen. Allerdings willigte sie ein, ein Foto von sich schießen zu lassen, das für das Kind zu den Adoptionsunterlagen gelegt würde. Und von dem süßen kleinen Baby schoss man auch ein Bild für seine Mutti – als kleine Erinnerung.

Am Nachmittag joggte ich bei schönstem Wetter über das Lanzenkirchner Feld. Es gefiel mir, da mich das schöne Maisfeld so an DDR-Zeiten erinnerte.

Abends schaute ich die Lindenstraße:
Die Mary, eine Dame aus dem fernen Afrika, die von einem gutaussehenden griechischen Wirt aufgeheiratet worden war, wird leider immer gleich so quengelig und unleidlich, wenn mal etwas nicht nach ihrem Kopfe geht – im Grunde wie bei allen Frauen. Nun hat sie sich förmlich in die Idee hineinverbissen, eine aidskranke Landsmännin bei sich aufzunehmen, und bis zu deren Lebensende zu

pflegen. Der gutmütige Wassili verzweifelt so allmählich an seiner komplizierten Ehefrau. Der Gipfel
der Dreistigkeit war, daß die Mary sogar ihren
Nachbarn, den gestressten Hansemann frug, ob die
Aidskranke wohl bei *denen* leben dürfe?

„Ich möchte helfen! So wie ihr *mir* geholfen habt!"
sagte sie in einer jeder Logik spottenden Logik.

Abends rief ich die Vitzthums an, um vom
unglaublichen Zufall zu berichten, daß heut der
zehnte Todestag von Vitzthums Mutti Hilda sei.
Dabei quatschte ich mich natürlich sofort mit der
Cornelia fest.

Die kultürliche Cornelia interessierte sich brennend für das gestrige Theaterstück, und wir
beschlossen, daß ich bald vorbeikomme, um denen
ein Knoblaucheis zu machen. Eine Delikatesse aus
meinem Knoblauchkochbuch.

Abends rief mich das Lindalein an, um einen
ausgiebigen Kusinenschwatz zu halten, bevor dann –
wie in Amerika üblich – wieder wochenlang Sende-
pause herrscht.

Ich erfuhr, daß die Linda nicht mehr so gerne reist,
und da ich´s auch nicht mehr so übermäßig gerne
tue, ist es sehr unwahrscheinlich, daß wir uns in
diesem irdischen Leben nochmals wiedersehen
werden.

Ferner erfuhr ich, daß das Jennylein noch niemals
wirklich verliebt war, und sich damals mit dem Eric

nur aus jenem Grunde einließ, weil sie gemeint hatte, dies sei normal und erwünscht.

Zu später Stund schaute ich mir einen Kriminalfall aus Amerika an:

Eine 20-jährige Frau hatte ungeachtet ihrer Jugend bereits zwei Söhne: Lukas, 4 und Dylan, 2, und erwartete ihr drittes Kind. Die Schwangerschaft verlief allerdings höchst kompliziert, und sie sollte sich immer bloß ausruhen.

Da kam sie auf die Idee, ihre beiden Söhne für ein paar Monate in eine Pflegefamilie zu geben. Sie kamen zu einem reifen, sehr warmherzigen Ehepaar, das bereits hundert Pflegekinder sehr gut beherbergt hatte.

Doch an einem Abend starb der zweijährige Dylan, nachdem er zuvor ganz viel geheult hatte. Die Obduktion ergab, daß er erstickt worden war, und der vierjährige Lukas erzählte seiner leiblichen Mutti, daß er gesehen habe, wie der Pflegevater dem kleinen Dylan ein Kissen auf den Kopf gedrückt hat.

Der Herr kam in Haft und weinte schrecklich, weil er mit einer lebenslangen Haftstrafe rechnen mußte. Später sollte der Lukas seine Beobachtungen vor einer Videokamera wiederholen, doch er erinnerte sich an gar nichts mehr, und mimte den Unschuldigen, Naiven.

Der Herr wurde freigesprochen, und viele im Publikum weinten vor Erleichterung und Ergriffenheit.

Allgemein hatte sich der Verdacht ausgebeitet, der leicht verschlagen wirkende Lukas habe seinem Brüderlein das Kissen auf den Kopf gedrückt.

„Ich werde später mal Polizist!" sagte der aufgeweckte Knirps.

Abends war´s mir allein in dem großen Haus direkt ein bißchen unheimlich zumute.

Montag, 7. Juli

Hie und da abgeblendeter Sonnenschein.
Doch mit sagenhaften Momenten

Einsam in Ofenbach bleibt einem als sprudelndes inspiratives Gegenüber nur noch der Televisor, und somit befand ich im Ohrensessel mich auf den Spuren von Omi Mobbl.

Doch zunächst mußte etwas Fleiß zusammengeschürt und ausgelebt werden, damit ich mir den Fernsehgenuß auch wirklich verdient hätte.

Mittags schaute ich „Franklin" (Eine Krawallo-Sendung für Arbeitslose und Rentner):

Auf dem Sofa saß die zirka 17-jährige Diana. Ich stellte sie mir an der Seite Mings vor, und fand sie nicht schlecht.

Die Diana war sehr enttäuscht von ihrem ebenfalls 17-jährigen Freund Mehmet, der sie gleich am ersten Tag total verarscht habe.

Der Mehmet, der die Diana angeblich *wirklich* liebt, obwohl er so oft fremdgegangen war, zeigte sich rhetorisch wenig talentiert. „Laß mich bitte ausreden, okay?!" sagte er oftmals unbeholfen.

Zum Schluß war es so, daß sich der Sünder bzw. Angeklagte in eine Liftkabine stellen mußte, und die Diana durfte jenen Knopf drücken, den sie für richtig hielt. Sie überlegte kurz, drückte, die Tür ging zu, und der Lift mit dem Mehmet bewegte sich hinab, und somit für immer aus ihrem Leben hinweg.

Zum Nachmittagskaffee schaute ich „Hallo Deutschland":

Man berichtete von einem siamesischen Zwillingspaar aus Teheran. Zwei 29-jährigen Damen, die am Kopf zusammengewachsen sind, und dieser Stunden in Singapur von einem renommierten Spezialisten getrennt wurden.

Gleich daran anschließend erzählte man von Uschi Glas´s mißratenem Sohn Ben, der vielleicht in den Knast wandert? Unter Bewährung stehend setzte er eine Prügelei in Gang!

Hernach radelte ich nach Lanzenkirchen, und gab fünf Briefe auf. Doch grad beim Brief an Jochen Prusch wurde ich eine gewisses Furcht nicht los, der Brief könne durch eine Verkettung tragischer Umstände nicht ankommen, und Jochen Prusch wäre ganz enttäuscht, nicht einmal ein kleines Dankeschön für sein Päckchen zu bekommen.

Am Abend schrieb ich vor dem Hause einen Brief an die Familie Nemec, die ich ja auch nicht vergessen möchte, und hernach joggte ich durch die gebirgigen Waldschneisen.

Kastners Hund bebellte mich so ekelhaft auf niederösterreichisch, und aus Ärger darüber ignorierte ich ihn auf die pikierte Art einer älteren Dame.

Dann aber sah ich entsetzt, daß er entkommen war.

Ein Flirt mit einem Drama. Aber vom Opa wußte ich, wie man sich in solch einem Falle verhalten muß: Renne ich hinweg, so wird der Jagdtrieb ausgelöst, doch bewege ich mich zähnefletschend auf ihn zu, so bekommt er es mit der Angst zu tun. Dies tat ich auch, und der Hund verstummte furchtsam und zog sich zurück.

Bei meinem Gerenne durchs Maisfeld gab´s ein atemberaubendes Spiel der Sonne zu sehen. Auch die Kohlköpfe wurden von der Sonne in ein unwirkliches Licht getunkt.

Abends rief der süße Ming an und erzählte, daß er in Leipzig so viel erlebt habe.

„Das glaubst du kaum!" sagte Ming, „da reist man einmal in eine Weltstadt und erlebt allerlei! Wen trifft man wieder? Mischa Maisky! Er ist ein altes Männlein geworden!" sagte Ming.

Dienstag, 8. Juli

Durchgehend wunderschön sonnig

Zum Frühstück hörte ich Geschichten über Michel Friedman und Bärbel Schäfer, die sich so lieben, daß all die Skandale ihrer Liebe nichts anhaben können. Bärbel Schäfer schrieb: „Komm zurück. Ich liebe dich – für immer!"

Da war für den Friedman das Leben wieder schön, und er bat die Bärbel, seine Frau zu werden.

Ich schaute weiter:

Gestern war man bezüglich der siamesischen Zwillinge aus dem Iran, die am Kopf zusammengewachsen waren, so daß das zusammengewachsene Doppelhaupt schwer wie ein Kuhkopf wirkte, noch voll frischen Mutes. Doch bereits in den Morgennachrichten mußte man vernehmen, daß die eine Schwester gestorben ist, und im Laufe des Tages erfuhren wir dann bestürzt, daß auch die andere starb!

Rührend fand ich, daß die iranische Gemeinde in Singapur dem Krankenhaus so viele Blumen geschickt hatte. Für die Ärzte, die sich so eine Mühe gegeben hatten – aber auch für die Verstorbenen.

Daran anschmiegend sah man, wie sich der Friedman nach der Kokain-Affäre erstmals öffentlich äußerte: Völlig scharmfrei und mit noch töteren Augen als sonst, äußerte er sich in Form einiger banaler Sätze. Doch dann bat er seine

Freundin Bärbel doch noch mit tiefem Gefühl um Verzeihung.

„Die Frau, die ich aus tüüüüfstem Herzen liebe..." sülzte er theatralisch.

Eine 42-jährige Mutti war sehr in Unruhe, dieweil ihre 15-jährige Eva ein eigenes Kind gegen ihre Einsamkeit plante. Tatsächlich wirkte die bebrillte Eva ganz unreif, und alle Erwachsenen im Saal sahen es als ihre Pflicht an, das junge Ding vor einer großen Dummheit zu bewahren. Bloß ich konnte es sehr gut verstehen, und wenn ich im Publikum gesessen wäre, so hätte ich mich erhoben und gesagt: „Ich möchte Dir Mut machen! Ich wünschte, meine Mutter wäre nur 15 Jahre älter als ich – denn dann wäre sie jetzt acht Jahre jünger!"

Beim Üben wehten mich bisweilen Gedankenfetzen wie diese hier an: Ob Jochen Prusch meinen Brief womöglich mißinterpretiert? Auf erheiternde Weise hatte ich geschrieben, daß die Aufnahme noch immer nicht fertig wär, wenn es nach meinem Papa gegangen wäre. Denn man weiß ja: Ein Vater ist nie zufrieden! Worte von Igor Oistrach über seinen früh erkahlten Sohn Valeri. Es war nur scherzend und lose dahingeschrieben, aber womöglich fasst der Jochen die Worte dahingehend auf, als seiens Bitternisse einer Dame, deren Leben von Anfang an, völlig verhunzt war?

Am frühen Abend kam eine Spezialsendung über die iranischen Zwillingsschwestern Ladan und Lalei

Bijani. Sogar die Namen merkte ich mir, weil sie mir wohltönend schienen, und weil ich heut den ganzen Tag über die Beiden nachdenken mußte. Einen ganzen Tag lang beherrschten sie meine Gedanken.

Im Supermarkt spürte ich ein erhöhtes Klassenzimmersyndrom, weil ich mich sehr schämte, Ausländerin zu sein. An der Fleischtheke bündelte ich meinen Mut, weil ich immer ein bißchen von der Furcht gepeinigt werde, man könne meine Worte gar nicht hören, weil ich sie nur denke, statt sie auszusprechen.

„Ein Carpaccio!" sagte ich mit gebündeltem Mut.

„Kenni net!" sagte die Verkäuferin, denn in Wirklichkeit hat's doch Prosciutto geheißen.

Daheim packte ich für ein Picknick zusammen: Heißen Melissentee in der Teebombe und ein Salzstangerl.

Im Fernseher konnte man schon wieder sehen, wie der Friedman sagte: „Die Frau, die ich aus tiefstem Herzen liebe, und mit der ich meine Zukunft gestalten will!" Ein Politikum, wenn man so will.

Wenn die Freundin vom Friedman warm und nett ist, und das ist sie ohne Zweifel, dann kehrt sie zu ihm zurück. Doch ich dachte auch, daß es ihr der Friedman mit seinen theatralischen Worten so schwer macht, ihn zum Teufel zu jagen.

Es handelte sich um ein Schnupperpicknick in herrlichem Sommerwetter, indem ich nämlich Bänke ausprobierte.

Zwei Bücher hatte ich auch noch mitgenommen: „Die Glücksformel" und das Buch vom Han-Sen, dem „Chinesen mit dem Kontrabass", und dadurch, daß der Han-Sen aus seinem Buch zu mir sprach, fühlte ich mich gar nicht einsam.

Zuerst – und auch auf dem Heimweg – saß ich auf jener Bank am Saum der geschlängelten langen Straße nach Lanzenkirchen.

Ich dachte über die verstorbene Zwillinge nach, und daß man hoffentlich die Pietät besitzt, die beiden in getrennten Gräbern zur letzten Ruhe zu betten. Einmal bog ich links in einen Weg ein, den ich noch gar nicht gekannt habe. Dort gab´s keine Bänke, doch es war schön wie im Traum, und ich fühlte mich dort so froh, und nannte den Weg aus einer spontanen Laune heraus „Maupassant-Weg", im Gedenken an den großen Dichter.

Auf dem Friedhof war ich auch, und setzte mich auf eine Bank neben die Lanzenkirchner Gefallenen.

Abends kehrte der süße Ming heim.

Ming hatte seine Ankunftszeit sehr gut geschätzt: Zwischen 18 und 22 Uhr, und nun war´s kurz nach 20 Uhr.

In zart-mildem Dämmer besuchten Ming und ich die malerische Kapelle auf dem Hügel.

Der leicht gewundene Weg erinnert mich stets an den Weg zur Himmelspforte – jenen Weg, den auch wir eines Tages beschreiten müssen.

Ich erzählte lebhaft vom Friedman, und wie der Reporter vielleicht fragen könnte: „Was fürchten Sie mehr: Daß Ihre Freundin sie verlässt, weil sie Jude sind, oder daß Ihre Freundin sie nicht verlässt, weil Sie Jude sind?" Eine äußerst passende Frage für den unbequemen Nachbohrer und Denker Friedman.

Abends schickte uns der Friedel ein Foto, auf dem er Hildes ofenfrisches kleines Töchterlein Ayla so nett im Arm hält. Der Friedel hatte das Foto einfach so herumgeschickt, und gar nichts dazu geschrieben, so daß seine Exe, die Leslie gemeint hatte, es sei *sein* Kind! „Oh, how sweet!" schrieb sie in Entzücken, „haben unsere Kinder ein Halbschwesterchen oder Halbbrüderchen bekommen?"

Abends schaute Ming sehr interessiert fern, wobei ihn das Schicksal der Zwillinge aus dem Iran, aber auch die Entschuldigungsrede vom Friedman an seine Lebensgefährtin sehr interessierte.

Mittwoch, 9. Juli

Gelblich grau bewölkt. Hie und da ein Regenguss

Ich träumte:

Auf lock´re Weise war ich zu einer Probe gereist, über die ich nicht groß nachgedacht, und hinzu vergessen hatte, mich vorzubereiten. Erst jetzt – am Probenorte eingetroffen, die Noten aufgeklappt habend, bemerkte ich beim Wenden der Seiten, daß es sich um eine Arie von J.S.Bach handelte, wo die Violine den Gesang der Sängerin mit kunstvollsten Klanggirlanden schmücken und umschmeicheln solle. Lauter 32tel und 64tel, hinzu in höchsten Lagen mit kaum zu zählenden Hilfslinien unter den schwaren Notenböppeln. Im Saal bemerkte ich Rehlein und Buz, von denen man annehmen konnte, daß sie gleich ganz entsetzt wären. Man schaut auf seine geliebten Eltern drauf und weiß: Dies sind die letzten Sekunden vor dem großen Entsetzen.

Ich stimmte meine Saiten, doch so, wie mir das in letzter Zeit im Traume öfters mal passiert, veränderte sich die Saite, die ich anstrich, gar nicht, da ich die ganze Zeit irrtümlich am falschen Wirbel drehte, so daß die Nachbarssaite davon naturgemäß gänzlich verzwirbelt und verstimmt wurde – mehr noch: Sie leierten aus, und fühlte sich beim Bestreichen an wie die poröse Sehne eines Jemandem, dem gleich gesundheitlicher Ärger winkt, indem ihm nämlich eine Sehne reißt.

Ming und ich frühstückten im Garten am Tischlein-deck-dich. Nach einer Weile nahm Ming die Tagesgestaltung in die Hand, und schlug vor, daß jetzt *eine* Stunde lang geübt würde.

Ich beschloß eine Biber-Sonate in A-Dur auswendig zu lernen, die nur eine Seite lang ist. Doch diese einzelne Seite hatte es in sich, und ich kam kaum voran – es schien direkt so, als sei der nächtliche Traum als Mahnung von oben gedacht gewesen.

Um zwölf Uhr ging ich meinem neuen Hobby nach und schaute „Vera". Heut mit dem unschönen Thema: „Familienclinch – Ihr kotzt mich an!"

Zuerst lernten wir die 35-jährige, sehr schlanke Gabi kennen, die außer sich war. Sie schrie so sehr herum, daß ich den Fernseher vor Ming beschämt etwas leiser stellte. Ihre 23-jährige leibliche Nichte hatte ihr nämlich den Mann ausgespannt. Die Parteien lärmten derart enthemmt und wüst herum, daß man nur noch das Geschrei als solches wahrnahm.

Nach einer Weile wurde ein anderer Fall beleuchtet: Von drei Geschwistern, die noch immer bei ihrer 64-jährigen putzfrauenartigen Mutti lebten, und allesamt nichts taugten. Zuerst gifteten sich die beiden Brüder, 23 und 30 Jahre alt, aufs Unflätigste an. Der Jüngere hängt immer nur zuhause rum, tut nichts und schläft ganz lang, und der Ältere saß schon zehn Jahre lang im Knast, und muß jetzt wieder in den Bau einrücken, - diesmal neun Monate lang. Doch stellvertretend für ihn kam mir der Gedanke an den Knast, im Vergleich zu dem Irrenhaus daheim, paradiesisch vor.

Von der 24-jährigen Schwester hieß es, sie wechsele die Männer wie die Bild-Zeitung – die ja nachweislich jeden Tag, auch Sonntags, erscheint.

Mittags kochte der einsilbige Ming so schön: Spaghetti mit Zucchini und Caprese. Und wieder nahmen wir die Mahlzeit am Tischlein-deck-dich auf dem Rasen ein. Durch nette Worte versuchte ich eine Bombenstimmung heraufzubeschwören.

Ming erzählte ein bißchen von Leipzig, und in den Erzählungen erschien mir Leipzig in diesig schwüler Mittagsstimmung. Man aß in einem mäßigen Lokal zu Mittag. Der Kellner frug, wie es geschmeckt habe. „Geht so!" sagte Ming.

Beim Radeln zu Billa – Ming wollte Knoblauchplätzchen backen und brauchte noch einige Zutaten – dachte ich über die kleine Ayla nach. Ich hab nur ein Foto von ihr gesehen, und dennoch schien mir das süße Mohrenbaby nach diesem Anblick das süßeste Baby auf der ganzen Welt zu sein.

Die kleine Ayla tat mir jedoch ein bißchen leid, denn wenn sie so alt ist wie ich, so ist ihre Mutti bereits achtzig! Und denkt man da nicht an Rollatoren, Altersheime und Bettpfannen?

Als ich im Supermarkt die amerikanischen Kekse kaufte, bekam ich plötzlich ein großes Heimweh nach dem Beätchen in Amerika.

Am Nachmittag buk Ming die Schoko-Knoblauch-Plätzchen aus dem neuen Knoblauchkochbuch, und zwischendrin probten wir unsere Mozart-Sonate. Ming sagte nicht viel, doch das was er sagte, stimmte mich innerlich rabiat, und zwar aus jenem Grunde, weil seine Worte für mich nicht nachvollziehbar waren. An einer Stelle im zweiten Satz zum Beispiel bemühte ich mich, sehr begleitend zu spielen, und Ming tat gleich so, als spiele ich ganz fordernd und solistisch, und doch gleichzeitig etwas schlapp.

Mings Knoblauch Lebkuchen mit je einer Mandel obendrauf fand ich so köstlich, auch wenn böse Zungen vielleicht behaupten könnten, es schmüke so, als habe jemand den Schokokuchen mit dem Knoblauchmesser geschnitten.

Am Abend waren wir zu einem köstlichen Abendessen bei Vitzthums geladen, das regenbedingt allerdings innen abgehalten werden mußte.
Die Cornelia hatte zwei längliche Spinatstrüdel gebacken. Hinzu gab´s Tsatziki – später einen Schokoladenkuchen und Patisserie-Eis, und die Stimmung war begeisternd.
Wieder sprach man über die unschöne Erpressungsaffäre mit den vielen Briefen, und die Cornelia bekam ganz entgleiste Gesichtszüge, weil sie auf ihren Georg böse war, der immer so umständlich erzählt – zumindest in ihren Sinnen.
Ich selber war ein bißchen zerknirscht, weil ich in Übermut erzählt hatte, daß es mich immer so rasend stimmen würde, wenn jemand ausländerdeutsch redet und Artiiiikel weglässt. Doch der Georg hat´s doch früher als Bub auch nicht besser gewußt!

Da war ich zutiefst beschämt, und hätte die vorangegangenen Worte liebend gerne ungeschehen gemacht.

Nach Mitternacht empfahlen Ming und ich uns in die Nacht hinaus. Und der Schein der Laterne am Riekschen Anwesen (dem leerstehenden Nachbarhaus der lang verstorbenen Eheleute Riek) sah einfach unglaublich aus Wie Spinnenbeine umschlang das gleißend weiße Licht die Bäume.

Die Laterne vor unserem Haus ist jetzt ganz kaputt, dieweil der Opa nun ganz weg ist. Einst symbolisierte sie Opas mittlerweile erloschenes Lebenslicht.

Donnerstag, 10. Juli

Manchmal warm und sommerlich.
Doch auch ein Regenguss schien nie ganz fern.
Zweimal drehte Petrus den Duschkopf auf

Meine Bettschwere schob ich darauf, daß ich in Opas Bett nächtigte. Über Nacht schien ich mich in den Opa verwandelt zu haben.

„Hää?" frug ich krächzelnd, als Ming nach mir rief.

„Schnell, Opa! Zwei vollbusige Blondinen. Die siehst du doch so gern!" rief Ming, und ich trat schnell an den Televisor hin, und stellte mich ganz nah davor, so daß niemand anderes etwas sehen konnte.

Heut verzichteten wir auf ein Frühstück, da Ming fand, daß wir gestern bei Vitzthums so überaus üppig Eis gegessen hätten.

Wir probten gleich los – beginnend mit Mozarts B-Dur Sonate. Doch schon vorher lag´s in der Luft, wie sehr mich die Proben mit Ming nerven: Nämlich ungefähr so, wie eine Ehefrau das Zusammenleben mit ihrem Mann.

Ich hatte mir fest vorgenommen, nett und geduldig zu sein, doch nach der fünften Anmerkung Mings begann ich mich wie ein bockiger Teenie zu fühlen, der Belehrungen allerart grundsätzlich mit einer geödeten Miene zu begegnen pflegt.

„Das macht überhaupt keinen Spaß!" polterte Ming mit lauter Stimme, und ich stand halt so da, und mir kam´s vor, als würden wir bei Diskussionen dieser Art nie auf einen gemeinsamen grünen Zweig gelangen.

„Soll er doch mit der Julia vierhändig spielen. Da passt´s wahrscheinlich ganz toll!" dachte Mobbl in mir leicht grollend.

Ich erzählte Ming, daß es mir mit ihm so ergehen würde wie der Antje mit dem Kläuschen bei den Mahlzeiten: Das Kläuschen pflegt Antjes originelle Schöpfungen auf dem Mittagstisch oftmals in leicht quengelig vorgetragenem sanften Tadel zu kommentieren. Da wurde Ming überraschend ganz warm und nett. Er umarmte mich und sagte, daß er sich das eben abgewöhnen müsse.

Dann waren wir uns wieder gut, und sprachen interessant und modulierend über Aspekte des Probenwesens.

Johannes N. hatte uns einen langen Reisereport über seine Reise nach Europa geschickt. All seine Kinder hatten sich in einem bayrischen Biergarten versammelt, und nur der Schwiegersohn fehlte, da der jetzt mit seiner Sekretärin liiert sei.

Die gehörnte Julia sah auf den angefügten Fotos trotzdem fröhlich aus.

Süß fand ich auch Johannes kleinen Enkel Timothy, obwohl man ihn auf allen Bildern bloß unscharf sah. Er gehört einem stark übergewichtigen Paar, und mit seiner Omi Ingeborg (zirka 64-66 Jahre) ist es gar noch ärger: Sogar unter dem Tisch sah man ihren schwabbelnden Wabbelwanst wie eine Trommel, und immer wieder brachte Ming die Rede auf diese unmögliche Figur, die einem drohe, wenn man zu viel nascht und zu wenig Sport treibt.

Früher war ich mit dem Packen nicht zu Rande gekommen, doch heute hatte ich es nicht mal geschafft, mit dem Packen überhaupt anzuheben.

Üben konnte ich aus jenem Grunde auch nicht, weil ich im unübersichtlichen Gewirr der Biber-Sonate ziemlich zu Beginn stecken geblieben bin, und so stak ich hinzu plötzlich in einer unglaublichen Lebenssackgasse.

Der süße Ming hatte mir so nett die Hängematte aufgehängt, auf daß ich mich ein bißchen relaxiere.

Wieder fuhren wir an den Neusiedler See.

Mein Auto ist, dank Ming, so schön gesaugt, und neben der Handbremse lagen Karamellböppele, die so köstlich mundeten. Und so sprachen Ming & ich über die Gefahren des Dickwerdens, da es für Ming ja bereits zum Greifen in der Luft lag, daß wir uns gleich ein Eis kaufen würden.

Doch ich kannte einen Diättrick: Immer wenn man beschließt, ein Eis zu kaufen, sollte man denken: „Ich warte noch zehn Minuten!" Und nach zehn Minuten hat man schon meist keine Lust mehr drauf.

Wir fuhren mit dem Bötchen.

Einmal winkte uns ein junger Mann, der mit einer Blondine auf einem Segelboot saß nett und gleichsam ein wenig schüchtern zu, da er dies für seine Pflicht als netter Mensch hielt.

Unglaublich wäre es natürlich gewesen, wenn es sich um Haakon und Mette-Marit gehandelt hätte.

Ich erzählte Ming sehr plastisch vom alten Schulhaus in Aixheim, und wie Herr Waguscheidt alle Zimmer nach und nach ausbauen will. Z.B. für seine Oma und seine Schwiegeromi aus Rumänien, und vielleicht kommt seine Frau Nicoletta ja aus einer Familie mit elf Kindern?

„Dort übernachten dann die siamesischen Zwillinge!" denkt der Professor über einen Raum.

Dann erzählte ich Ming, wie ich mal mit dem Heiner allein war.

„Nur der Marius nervte!" ergänzte ich und schilderte, wie das Heinerlein sein dreijähriges Söhnchen auf Art eines Dieners bediente, und es in dem Glauben bestärkte, der erste Mann im Lande zu sein.

„Marius, was darf ich dir denn anbieten?" frug der Heiner den Dreikäsehoch so überaus höflich, „möchtest du lieber den Serrano-Schinken oder Prosciutto?"

Dann war plötzlich große Eile geboten, weil unser Boot so langsam fuhr. An einer Stelle stieg ich an Land und raste zur Zahlstelle, und man sah den nunmehr alleinigen Ming ganz langsam auf dem Bötchen durch den See gleiten.

Daheim hatte der Sport das Wort, indem wir nämlich unseren neuen Trimmpfad über das Feld bis nach Lanzenkirchen abrasten. (Selten zu lesendes Wort)

Als ich Ming zur Nacht verabschiedete, leuchtete der Mond so anheimelnd zwischen den Baumkronen hervor, so daß ich gleich an Opa und Mobbl in ihrer besseren Welt erinnert wurde.

Ich erzählte Ming, wie die verstorbenen Zwillinge Ladan und Lalei im Paradies erwachen: Als zwei am Kopf zusammengewachsene Engelchen.

Freitag, 11. Juli

Wunderschön

Bedingt durch die Baldrianpillen aus Grebenstein bin ich morgens immer so benommen, daß ich am liebsten überhaupt nur noch, und für alle Ewigkeiten schliefe.

Geträumt habe ich Folgendes:

Vom Klavierlehrerinnengatten Herrn Seibl, der in meinem Traume allerdings ein Anderer war: Ein müder alter Mann aus dem Holze des großen Komponisten Dimitri Schostakowitschs, den wir an einem prall-sonnigen Tag in unser neues, sonnendurchflutetes Fertighaus eingeladen hatten. Leider war er jedoch schon so alt, daß es keine Freude mit ihm war. Als er endlich wieder gehen durfte, schien er erleichtert und schlurfte langsam aus dem Hause hinweg.

„Halt, Herr Seibl! Sie haben noch unsere Gastespantoffeln an den Füßen!" wollte man rufen – unterließ es jedoch aus jenem Grunde, da es schon in den Lüften lag, daß er dies nicht hören, und man vergebens auf eine Antwort warten würde.

Hilflos mußte man somit mit ansehen, wie unsere Gastespantoffeln über die Türschwelle hinweg aus unserem Leben schritten.

Rührend fanden wir, daß sich der Onkel Hartmut zu einem Tonsatz-Kontrapunkt-Seminar angemeldet hatte.

„Das solltest du auch mal machen!" sagte Buz streng, da er mich permanenten Müßiggangs verdächtigte, und damit nicht einmal so falsch lag.

Beim Frühstück auf der Terrasse vor üppigster Gartenkulisse schoss Ming ein Foto für Rehlein.

Doch Ming saß bereits auf der Sprungfeder um seine Musikalische Scheologie zu studieren:

„Harold in Italien" von Berlioz.

Der fleißige Ming hatte sich in die oberen Gemächer retiriert, während unter ihm der Fernseher eingeschaltet wurde.

Zerknirscht dachte ich an Buzens strenge Worte im Traum.

Mobblgleich saß ich beim Fernsehgenuss verlegen auf nur einer Pobacke, weil ich mich vor Ming meiner unergiebigen Sesselträgheit schämte, während Ming buzesgleich wahrscheinlich eher auf seine Arbeit fixiert war?

Noch am Vormittag schlug Ming vor, nach Wiener Neustadt zu fahren, und auf die Art einer verliebten Anwältin, die alle Mandate niederlegt, um ihrem Liebsten in ein fernes Land zu folgen, ließ auch ich alles stehen und liegen, und folgte Ming nach Wiener Neustadt.

Im Auto wurde Ming einmal laut und polterig, weil ich gesagt habe, daß ich glaube, Übergewicht spiele bei einem Schlaganfall keine sooo große Rolle. Dann wurde Ming noch lauter – bloß, weil ich gefragt habe, warum er bloß so polterig sei?

Ich bekam Angst, mit nunmehr bald vierzig Jahren würde Ming nun endgültig erwachsen.

Vielleicht treten schon bald ein paar unangenehme Erwachseneneigenschaften zutage?

„Ich hab doch schon längst klein beigegeben!" sagte ich, während Ming noch wild und verärgert über den Schlaganfall referierte.

Ming erzählte mir, daß er beim Friedel den David von der Dorli kennengelernt habe.

„Hallo David!" habe Ming freundlich gesagt. Doch auf arrogante Weise gab der David keine Antwort. „Du bist aber ein unhöflicher Mensch!" sagte Ming enttäuscht zu dem am Computer Klebenden, und anhand dieser kleinen Episode aus einem langen Herrenleben diskutierten wir heut sehr intensiv über Kindererziehung.

Beim genauen Reflektieren der Kinder in unserem Bekanntenkreis muß man leider konstatieren, daß einem die meisten davon auf den Wecker fallen.

Im „Merkur" kauften wir Sushi, um daheim im Garten am Tischlein-Deck-Dich, einem kleinen quadratischen Tischlein mit malerisch karierter Tischdecke, ein Sushi-Picknick einzunehmen. Doch Ming kam mir immer noch leicht mürrisch und unzugänglich vor, und so beschäftigte ich mich sehr mit der Problematik der Mürrischkeit.

Ming hatte mir ja erzählt, wie das Lindalein in Amerika so mürrisch war:

Ming verabschiedete sich so nett, doch die Linda sagte nur unpersönlich: „Bye!" und fuhr sauertöpfisch und ohne sich umzublicken zur Arbeit. Doch hätte man das Lindalein gefragt, warum sie so mürrisch sei, so wäre sie von dieser Frage ja noch mürrischer gestimmt worden! Und ebenso erging´s mir nun mit Ming.

So sprach ich über andere Mürrische, und davon lichtete sich Mings Mürrischkeit tatsächlich auf.

Kaum hatte Ming sich erhoben, da donnerte augenblicklich der Flügel über einem auf – so flink ist Ming. Wenig später – das Haus zitterte immer noch vom Klaviergedonner, zeigte sich Ming vor dem Hause als „Man-spricht-deutsh-Tourist":

In einer Badehose, mit Strohhut und schwarzer Sonnenbrille schleppte Ming eine Matraze auf die kleine Terrasse um sich dort mit seinem englischen Roman niederzulassen, mit dem er das Englische so quasi einsaugt wie einst die Muttermilch.

Ich ölte Ming den Rücken ein.

Als Ming gut durchgebraten war, schickten wir uns an, eine Wanderung auf der Rosalia* zu unternehmen, und auf dieser Wanderung war Ming der netteste und bezauberndste Mensch den man sich nur vorstellen kann.

*Berg in der Nähe von Ofenbach

Ming erzählte plastisch vom Besuch beim Onkel Hambum mit Arthur und Julchen. Das Julchen hatte in Mings Erzählung nur eine Statistenrolle, dieweil Ming aus Feingefühl meiner mobbeligen Ader gegenüber nie das Fokussierungsglas der Erzähl-künste auf sie gerichtet hält.

Wir hatten je ein Buch dabei.

Hi und da lasen wir beim Laufen, und oben auf der Waldeslichtung kurz vor dem Ureinwohnerdorf, frugen wir uns, ob unsere Lektüre wohl spannend sei? Doch beide Bücher waren im Moment nur mittelspannend, so daß man sich mühelos aus den Buchseiten lösen konnte. Als wir durch das Kraxelwäldchen an jene Stelle gelangten, wo der Film „Pastorale" mit Karlheinz Böhm als Beethoven gedreht worden war, erzählte ich, wie schön Ute M. in Winnenden gewohnt hat, und wie ich an ihrer Stelle bis an mein Lebensende dort wohnen geblieben wäre.

„Diese Wohnung werde ich nur noch mit den Füßen voraus verlassen!" hätte ich an ihrer Stelle ausgerufen.

Oben auf dem Kraxelhügel setzten wir uns in mildem Abendsonnenschein an das Picknick-Couplet und schauten in die Postkartenidylle hinab.

Ming las aus dem „Spiegel-Spezial" über den Islam, und ich erzählte Ming von den vier Türken, die heut in der Oliver-Geissen-Show miteinander diskutiert haben.

Eine hochrabiate Kopftuchgegnerin hieß Yüksel, und ich fand den Namen lustig.

Auf dem Heimweg lernten wir einen kleinen Laubfrosch kennen, der womöglich von einem ähnlichen Schrecken durchbebt wurde wie ein ertappter Ladendieb, als er plötzlich vier baumesdicke Beine sah, die um ihn herumstanden. Beim Versuch zu flüchten hüpfte er in kopfloser Furcht aus Versehen auf Ming zu.

Als wir am Abend wieder daheim waren, war´s immer noch so schön, und der süße Ming freute sich, daß ich ihm auf Haushälterinnenart zwei Brötchen schmierte.

In der „ganzen Woche" las ich den Schicksalsreport über eine Dame im Rollstuhl und ihren schwerst behinderten Sohn Kevin. Trotz allem ist sie ein glücklicher Mensch, weil sie nämlich glücklich sein *will!*

Die „ganze Woche" bringt in jeder einzelnen Ausgabe einen bewegenden Schicksalsreport, und ich bin schon gespannt, was sie sich wohl nächste Woche einfallen lässt?

Am Abend rief ich die gute Fee aus Veckerhagen (eine entfernte Verwandte) zu ihrem heutigen 60. Geburtstag an. Wir sprachen viel über die Omi, die sich die ewige Ruh´ nun doch so allmählich wirklich verdient hat. Sie habe den Doktor gefragt, wie lange sie es wohl noch mache, und der Doktor habe diplomatisch geantwortet: „Wissense, Frau König – in Ihrem Alter kann das Herr Todchen jeden Moment vor der Türe stehen!" Und von diesen Worten sei die liebe Omi ganz fröhlich geworden.

Dann sprach ich noch mit dem süßesten Rehlein. Rehlein hatte schon soooo an mich gedacht, und war ganz verdutzt, daß ich noch nicht in Grebenstein bin.

Samstag, 12. Juli
Ofenbach – Wörth a.D.

Bedeckt. Hie und da Regen.
Am Nachmittag z.T. wunderschön

Mitten in der Nacht erlebte ich es hautnah mit, wie der Film „Szenen einer Ehe", den ich aufnehmen ließ, wieder zurückgespult wurde, so wie ja vielleicht (hoffentlich) dereinst das ganze Leben.

Als Ming am Morgen pünktlich zu den acht Uhr Nachrichten im Ohrensessel saß, erbot ich mich, Semmeln holen zu gehen.

„In 29 Minuten bin ich wieder da!" sagte ich vage, doch in Wirklichkeit dauerte es viel länger.

Ich bin jetzt so oft an dem freundlichen Hause der Frühwirths vorbeigeradelt, und wunderte mich, warum sich dort gar nichts rührt? Diesmal aber sah ich am Küchenfenster eine Gestalt schimmern, und machte mich bemerkbar.

Meine liebe Freundin Anna war's, die ganz eifrig herbeigewackelt kam. Und schon am Zaune brachte sie zur Sprache, daß die Miezi gestorben ist – im 93. Jahre. Daß sie Miezi hieß war mir neu, so daß ich's jetzt wissensfrisch ins Tagebuch schreiben kann.

Die Anna bat mich in ihre große, reinliche, christliche Küche, wo gerad der Televisor lief, den sie allerdings sehr gern abgeschaltet hatte, denn nur noch alle Jubeljahre verirrt sich mal jemand in dieses kleine Häuslein am Wegesrand. An den Türen hatte jemand positive und erbauende Sprüche angebracht. Ich erfuhr, daß eine der Schwestern (ouchz´g Joahr) achzig Jahre in Amerika lebe, drei Bypässe eingebaut bekommen hat, und man sich seit 50 Jahren nicht mehr gesehen habe. Doch einmal pro Woche wird telefoniert.

Die Anna hätte so gerne jene Postkarte, worauf die Omi Mobbl als junge Tänzerin abgebildet ist, hervorgesucht. Doch auf die Kürze fand sich das Kärtchen nicht.

Die Anna besitzt ein riesengroßes Kuvert mit Erinnerungsfotos. Sogar ein ganz ofenfrisches Urenkerl konnte man auf einem der Fotos bestaunen.

Stellvertretend für Ming wunderte ich mich schon, wo ich so lange blieb? Man radelt zum Einkaufen hinfort und kehrt nicht wieder.

Die Anna wurde lustig und schelmisch, weil sie sich an den Opa erinnerte, der so gerne mit ihr und ihren Schwestern gescherzt hatte, und weil sie sich so sehr freute, daß ich zu Besuch gekommen war, und hinzu noch gelobt hatte, bald wiederzukommen.

Ich umarmte und küsste das kleine kartoffelförmig zusammengeschnurrte Lebenslicht zum Abschied, und die Anna wünschte mir, daß ich gut ankomme, denn „man weiß ja nie, ob man auch ankommt!"

„Außer im Himmel!" rief ich noch.

„Na, hoffentlich!" sagte die alte Frau, und schickte eine wirklich tief empfundene Hoffnung hinterher.

Daheim reservierte ich mir ein Zimmer im „Rosenhof", und ich glaube, mein Ansprechpartner war jener nette Herr, von dem ich gemeint habe, er sei verstorben. Er jedoch „verdächtigte" mich, jene Frau König aus Wien zu sein, der er mal ein Ohrgehänge hat nachsenden müssen.

Kaum hatte ich das Zimmer reserviert, da rief Rehlein selber an, um mir zu raten, mir ein Zimmer im Rosenhof reservieren zu lassen.

„Ich bin wirklich *deine* Tochter!" lachte ich, da mir im gleichen Moment die gleiche Idee gekommen war.

Rehlein erzählte unglaubliche Bildschirmschoner*-geschichten:

*Über jene Familie, die im Hause gegenüber lebt, so daß man ihr Leben und Treiben frontal mitbekommt – wie bei einem Bildschirmschoner. .

Neulich saß Rehlein mit den Nachbarn Rosl und Dorothea im Möllerschen Wintergarten und ungläubig schaute man allgemein auf den umtriebigen Bildschirmschoner drauf, der wegen jedem kleinen Grashalm beständig die Elektrosäge aufheulen ließ. Er läuft herum, prüft die Länge der einzelnen Grashalme, und so ginge das den ganzen Tag!

Ming und ich frühstückten gemütlich auf der kleinen Terrasse und schauten Fotoalben an.

Immer wieder blätterten wir Opa & Mobbl herbei, und so wie beim Gänseei letztes Jahr, wo man´s ja nicht fassen konnte, daß von dem schönen formvollendeten Ei nur noch ein paar Schalentrümmer übrig waren, so kann man´s immer noch nicht fassen, daß von Opa und Mobblns reichhaltigem Leben nur noch Fotoschnipsel übrig sind.

Ich liebe Onkel Döleins Gruppenfotos, und man muß zugeben, daß seine Tochter Julie wirklich ein süßes Ding ist.

Einmal schauten wir in SAT1 einen Schönheitswettbewerb an, und ich fand die Art, wie dieser Wettbewerb aufgezogen wurde so nett und inspirierend. Ich würde mich so freuen, wenn dies System mal für einen Musikwettbewerb adaptiert würde: Alle Juroren durften dem Modell erzählen, wie sie es gefunden haben, Tips geben, und ihre Punktzahl begründen.

Die NMZ (Neue Musikzeitung) war geliefert worden, und man konnte lesen, daß Gidon Kremer ein neues Buch geschrieben hat: Diesmal über seine Studentenzeit in der Sowjetunion.

Meine Weiterreise verzögerte sich sehr, und Ming war so unglaublich warm und nett zu mir.
Einmal hatte ich kurz gemeint, der zielstrebig veranlagte Ming könne sagen: „A sann*! Jetzt geh! Ich muß auch noch etwas anderes tun!" Doch Ming sagte nur: „A Sann! Bitte bleib!" und bebusselte mich.
*Mein chinesischer Name

Eine fünfstündige Reise wartete auf mich.

Ich befolgte Mings Rat und tankte in der letzten Tankstelle vor der Grenze, doch wer hätte nun gedacht, daß ich in einen Stau und im Rahmen dessen in eine Führerscheinkontrolle geriet? Ich fand den jungen Beamten so unpersönlich, doch wenigstens war mit meinen Papieren alles in Ordnung.

Warmer Abendsonnenschein umhüllte mich, als ich im Rosenhof eintraf. Ich trat an den Tresen, stellte mich vor, und betonte, daß ich *nicht* die Frau König aus Wien sei, und meine Mutter sei es ebenso wenig. Doch mitten in diese unbeholfene Erklärung hinein - meine Mutter sei so aufmerksam, daß sie niemals ihr Ohrgehänge irgendwo liegen lassen würde, geschweige denn, die Schamlosigkeit besäße, es sich nachschicken zu lassen – womöglich ohne Dank? – schrillte mein kleines portables Telefon. Der süße Ming war's.

In den Ohren der Tresendame spiegelte ich mich als eine verliebte Frau.

„Du süüüüßer Schatz!" hörte man mich sagen, und „ich dich auch!" So daß ich mich hernach wie eine seelisch gutgepolsterte junge Frau fühlte, die total verliebt, so jedoch einsam auf Reisen ist.

Ich verbrachte einen Abend in der hauseigenen Gaststube. Mich ärgerte allerdings leicht, daß der Panna Cotta Früchtebecher ohne jene Orangenschnitze serviert wurde, die mich auf dem Foto in der Speisekarte so begeistert hatten, und zusätzlich ärgerte mich auch, daß mich jedesmal, wenn ich hier bin, irgendetwas ärgern muß.

Später wechselte ich gar den Tisch, da neben mir ein qualmender Stammtisch Platz genommen hatte. Bestehend aus vier langweiligen Herren, die sich gar nichts zu sagen wußten, so daß anzunehmen ist, die Gründung des Stammtisches habe einzig und allein dem Zwecke gedient, sich vor der flinken und zänkischen Zunge der Ehegattin daheim in Sicherheit zu bringen?

Sonntag, 13. Juli
Wörth a.D. – Grebenstein

Ein wunderschöner Sommertag

Ich nächtigte in einem engen kleinen Zimmer, in welchem ich mich jedoch sehr wohl fühlte, da das kleine malerisch verstrebte Fenster direkt in die Natur hinausführte: Felder und einen üppigen Wald. Und am Morgen glitzerte auch noch die Sonne herein.

Ich entdeckte eine Unstimmigkeit in meiner Persönlichkeit, die sich empfindlich mit meiner Philosophie biss:

Mich erfüllt es immer mit großer Schüchternheit, beispielsweise an einer Gruppe 17-jähriger Jünglinge vorbeizulaufen.

Man läuft, bildlich gesprochen, mit eingezogenem Schweif an ihnen vorbei, sagt gar nichts, und es wäre einem peinlich, beispielsweise auszurufen:

„Guten Morgen, Ihr Jünglinge! Wohin des Weges zu solch früher Morgenstund?"

Aber eigentlich ist es doch viel peinlicher, nichts zu sagen? Ich wäre so gerne *ganz* nett, doch durch das Klassenzimmersyndrom* schaffe ich es einfach nicht.

*Das Klassenzimmersyndrom: Im Klassenzimmer verwandeln sich viele von uns in einen gänzlich anderen Menschen

In der rustikalen Frühstücksstube frühstückte ich ganz still vor mich hin, und schaute den beiden jungen, unreifen und kuhartigen Bedienerinnen zu, (dicklich, mit großen Kuhaugen, die im Gesicht einer Frühstücksbediensteten noch törichter wirken als im Gesicht einer widerkäuenden Großvieheinheit), die unzählige Kaffeetassen in ein Schränkchen räumten. Bei der einen sah man über dem Hosenende sonnenaufgangsartig das Unterhöslein hervorlugen.

Dem dicken Herrn am Empfangstresen hätte ich gerne noch mehr Nettigkeiten gesagt.

Als ich dann endgültig ging, fühlte ich zwar noch mein warmes Lächeln auf dem Gesicht, aber ich bereute es leicht, ihm nicht die Hand gereicht zu haben, und mit dieser Reu behaftet stahl ich mich aus dem Hotel, und schließlich aus dem Ort hinweg.

Ich sah dem Besuch bei der Omi mit zusammengebündelter Freude entgegen.

Das prall-sonnige Wetter erschien mir so wunderschön, und hie und da fuhr ich so geistesabwesend, daß ich mir zuweilen richtig ins Bewusstsein zurückrufen mußte, daß ich Auto fahre, und nicht im Sessel vor mich hindöse.

In einer Raststätte aß ich einen teuren, kleinen Salat und studierte die Bild am Sonntag:

Die beiden Kusinen von Kanzler Schröder hatten gehört, daß der Schröder seinen Urlaub in Italien aus Ärger über einen Politiker, der die deutschen Touristen pauschal bepöbelt hat, stornieren will.

Da boten die Kusinen dem Kanzler so nett an, Urlaub bei ihnen in Thüringen zu machen. Sogar ein Bett für ihn und seine Doris hatten sie bereits bezogen, wie man auf einem Foto sehen konnten. Und außerdem hatten sie sich in einen Vorfreudentaumel hineingesteigert, obwohl der Kanzler auf Künstlertypenart wahrscheinlich doch nicht kommt.

„Wäre doch gelacht, wenn der Gerd keinen Karpfen fängt!"

Diesen Satz der einen Kusine fand ich so köstlich.

Am Rasthof „Riedener Wald" kaufte ich mir ein Eis, und verspeiste es an schöner Stelle.

An einer, von der Sonne goldgelb, fast strohfarben gebleichten Straße standen in gleissendem Sonnenlicht zwei Picknickcouplets - fast surreal anzuschauen.

Ich setzte meine Lektüre der äußerst opulent gefüllt und pikant gewürzten Bild am Sonntag fort, und erfuhr, daß Michel Friedman seiner Bärbel nächste Woche einen Heiratsantrag zu machen gedenkt. Die Bild schreibt immer so warm, fast liebevoll über den Gestrauchelten und fasst ihn mit Samthandschuhen an.

Bisher konnte sich der Vizepräsident des Zentralrats der Juden nicht erlauben, eine Schickse zu heiraten, doch mit der Niederlegung des Amtes stellt diese Heirat keinen Konfliktpunkt mehr dar.

Ich fuhr weiter, und einmal hörte man in den Nachrichten, daß irgendein Politiker eine Idee vom Stoiber als Schnappsidee bezeichnet hat. Ich fand es so lustig, wie die Nachrichtensprecherin dieses freche Wörtchen so förmlich und beamtlich aussprach.

Gegen halb fünf traf ich mit zwei Geigenköffern in Grebenstein ein, und die Schrödersche schloß mir die Türe auf.

Eilends begab ich mich in die großmütterliche Stube.

Das kleine verglimmende Großmütterlein saß allein am Tisch, denn der Onkel Eberhard war mit seinen Lieben aushäusig, und besuchte die Familie Andreas.

Ich busselte die Omi liebevoll ab, um uns in die nötige Stimmung zu versetzen.

Die Omi wirkte wie immer:

Rosig, frisch, mit gesund glänzend weißem Haar, sah sie mir nicht so aus, als würde sie in den nächsten acht bis zwölf Jahren heimgeholt werden.

Ständig sagte sie: „Nichts Neues?? Erzähl mal: Was hast du denn so gemacht?!"

Da kehrte auch schon die kleine Familie vom Onkel Eberhard zurück.

Omi und Kathi sollen nichts davon erfahren, daß die Ehe von Gabi und Eberhard demnächst vielleicht auseinanderbricht, und tatsächlich merkte man davon gar nichts. Das Gabilein trug einen roten Kußmund auf ihrem weißen Hemd, und die Kathi schien mir schüchtern und schweigsam.

Der Onkel flüsterte dramatisch und heiser, und gleich zu Beginn des Wiedersehens wurde es ganz unangenehm. Als es nämlich hieß, ich solle *jetzt sofort* zu den Andreassens fahren, damit sich der Ärger von neulich nicht wiederhole, als das Utelchen Rehlein und mich dort ganz an unserem Wissen vorbei als Gäste angekündigt hat, und Frau Andreas, nachdem sie die Betten bezogen, bis weit nach Mitternacht vergebens auf uns gewartet hat.

Der Onkel wurde grob und poltrig gegen Omis Rechtfertigungsversuche, und weil die Omi gerne Partei für jemanden nimmt, der doch überhaupt nicht anwesend ist, und gar nichts von ihrem Anwaltsgebaren hat. Statt ihrem Eberhard beizupflichten, daß das doch wirklich furchtbar war!

Gabi und Kathi gingen spazieren, weil sie lieber unter sich sind.

Nach einer Weile versuchten wir Daheimgebliebenen Kanons zu singen, und davon ist der Onkel Eberhard ganz süß geworden! „Ein Zaubermittel gegen die so quälende Mürrischkeit!" rieb ich mir innerlich freudig die Hände.

Wenig später aber bepolterte er auch mich grob wegen dem Rollstuhl, den ich irgendwo hinrücken solle.

„In die Ecke!" schrie der Onkel unbeherrscht, und ich wußte vor Schreck gar nicht, was er meinte. Rehlein hat´s am Telefon vielleicht sogar mitbekommen, dieweil ich nicht gescheit aufgelegt hatte.

Ich schmiegte mich an die Omi.

Vor dem Hause beplauderte Frau Wies Gabi und Kathi, und es schimmerte durch, daß Frau Wies kurz vorm Durchknallen stünde, da in ihrem Leben einfach alles drunter und drüber geht.

Dann kam Frau Wies mit in die Stube, um sich als Krisendämpfer nützlich zu machen.

„Heißa, dies ist doch *die* Idee!" jubelte ich innerlich: Jemand von uns geht zu den Wiesens, wo alles drunter und drüber geht, und die Frau Wies bleibt stattdessen hier bei uns, wo ebenfalls alles drunter und drüber geht.

Onkel Ebi entkorkte eine Flasche Sekt. Der Korken explodierte mit einem lauten Knall, und unfassbar wär´s natürlich gewesen, er hätte die Omi erwischt und niedergeschossen.

Man hob das Glas, und in unbeabsichtigter Taktlosigkeit sagte der Eberhard: „Prostata!" und dies, wo doch gestern ein Anruf kam: Herr Wies muß morgen um 18:30 zur Befundsbesprechung nach Hofgeismar, dieweil der Befund aus Göttingen eingetroffen sei. Die Krankenschwester hat ihm nichts verraten dürfen, und Herr Wies ist so schrecklich in Unruh. Unfassbar ist, daß man die armen Patienten so lange zappeln lässt.

Wir lauschten einer Symphonie an Empörendem, die den Lippen der lebensgegerbten Frau Wies entblubberte.

Bald jedoch mußte ich mich verabschieden, und trat in die Abendsonne hinaus.

Pünktlich um neun läutete ich beim Ehepaar Andreas, und obwohl Frau Andreas sich so wunderbar warm umarmt, bereute ich den Besuch zunächst, weil ich den Hund so schrecklich fand. Zuerst kläffte er markerschütternd, und im Musikzimmer mit dem spinatgrünen Teppich robbte er sich wie eine Nacktschnecke auf meine bloßen Beine, und schaute mich barmend an – so als sei ich der einzige Mensch auf Erden, der ihn aus diesem mißlichen Leben als Hund befreien könne, indem ich ihn auf den Mund küssen würde.

Wenn Frau Andreas ihn etwas barsch ausschimpfte, weil ihm anders nicht beizukommen war, brach er in Wehklagen aus.

Dann aber schickte sich Frau Andreas an, in der Küche einen Pfefferminztee zuzubereiten. Erfreut fühlte ich mich an das Leben mit Opa und Mobbln erinnert, da auch Mobbl in den frühen Abendstunden gerne einen wirklich köstlichen Pfefferminztee aus dem Garten zu servieren pflegte.

Sogar der 81-jährige Junggreis Herr Andreas schien heut etwas netter gestimmt als sonst. Auf meinen Vorschlag hin drehte man den Fernseher an, um das Sommernachtskonzert von Leipzig zu hören, wo auch Ming und Julia im Publikum säßen.

Zwanzigtausend Besucher waren erschienen, und um Ming im Publikum auszumachen, hätte man die ganze Zeit wie ein Luchs draufschauen müssen.

Montag, 14. Juli
Grebenstein – Aurich

Wunderschön!

Sagenhaft im Keller des Ehepaars Andreas genächtigt! Erfüllt von wohligem Behagen schlief ich in einen wunderschönen Morgen hinein.

Mich rührt so vieles an Frau Andreas: Zum Beispiel, wie sich die tapfere kleine Frau mit dem bandagierten Knie gestern so mühevoll die Treppen herab und wieder hinaufgequält hat, nur um für mich das größte Gastesbehagen zu schaffen.

Ich machte mich rasch fertig, und verabschiedete mich mit einer innigen Umarmung, denn Frau Andreas bekommt womöglich viel zu wenig Liebe ab? Mit ihrer einzigen Tochter versteht sie sich zumindest am Telefon „gut", doch man sieht einander kaum, und führt ein völlig unabhängiges Leben.

Jetzt fuhr ich erstmal zur Tankstelle, um die vielbesungenen Tankstellenbrötchen zu holen. Fast hätte ich die falschen Brötchen gekauft, denn die Knusprigen, auf die meine Lieben auf dem Burgberg so spitz waren, schmurgelten noch in der Röhre.

Die Omi erschien mir am Vormittag so nett und frisch.

Frisch und frühlingshaft ist auch das anderweitig verliebte Gabilein, das sich nun erbot, der Omi aus der Zeitung vorzulesen.

Die Zeitung war an einen Herrn geschickt worden, den es in dieser Form leider nicht mehr gibt:

Johann Neubauer (1933-2003)

Wieder wirkte die 17-jährige Kathi sehr still und in sich gekehrt, so daß ich über sie nachdenken mußte: ‚Wahrscheinlich fühlt sie sich ungeliebt, und als häßliches Entchen!' dachte ich mitleidsvoll, da es in diesem Alter vielen so geht.

Doch nach einer Weile erzählte mir die Kathi aus ihrem Leben. Sie erzählte, daß sie früher so gern die BILD-Zeitung gelesen habe, und referierte über die Kanzler-Tochter Klara, die so etwa 14 Jahre alt sei.

„Sie tobt scheint´s durchs Kanzleramt!" sagte die Kathi nett über das andere junge Mädchen, mit dem man sich doch befreunden könnte.

Dann empfahl ich mich.

Meine Tante Gabi, von der ich leider keine Ahnung habe, ob es am Ende nur eine „Tante auf Zeit" ist, schenkte mir zum Abschied eine Karotte, und der Onkel Ebi geleitete mich zum Auto, und nutzte die kleine gemeinsame Wegstrecke in einem langen Leben dazu, zu erörtern, wie es Middrmuddr mit der Mutter wohl weitergehen solle?

Das Utelchen habe gelobt, im August drei Wochen lang zu kommen, und der Onkel Eberhard selber will auch eine Woche hier verbringen.

„Wennse bis dahin noch lebt!" sagte er leicht dramatisch, und ich mag es nicht, wenn er so redet.

„Was kann ihr denn schon passieren?!" sagte ich unbekümmert, „die Omi ist doch noch nicht einmal senil!"

„Tot!" sagte der Eberhard, und ließ das bedeutungsschwere Wort lastend in der Luft hängen. So konnte ich jene aufmunternden Worte, die ich immer wieder denke, gar nicht anbringen: Daß es das Orakel nämlich vorsähe, die Omi würde drei ihrer vier Kinder, und hinzu auch noch die Frau Wies überleben.

Doch welche drei das sind, weiß man nicht.

Im Auto spürte ich, wie meine linke Körperhälfte den Sonnenstrahlen erbarmungslos ausgeliefert war.

Doch ich machte ja Station in Kassel.

Folgendes tat ich dort: Ich kaufte eine Sonnenlotion, und das Buch von Gidon Kremer für 24 € 90, und in der Sushibar ließ ich mir ein Picknick-Päckchen richten.

Rehlein hatte mir vor kurzem ein Hupfseil geschenkt, womit ich alle halbe Stunde rumhüpfen solle, und dies tat ich.

Die Fahrt durch den Sommer empfand ich als höchst befriedigend.

Nach 19 Uhr kam ich in schönstem Sonnenschein in der Graf-Enno Straße an, und wurde innigst vom lieben Rehlein begrüßt. Rehlein war so bezaubernd!

Dadurch, daß ich - bedingt durch meinen Urlaub in Ofenbach - vom Weltgeschehen regelrecht abgeschottet gewesen war, ist so viel liegengeblieben, daß ich manisch geckig umeinanderhüpfte und mich, von Tatendrang getrieben, gefühlt habe wie vor einem bunten Blumenbeet, wo man kaum wüsste, nach welchem Blümelein man sich wohl zuerst bücken solle.

Rehlein hatte den langen, gedankenvollen E-Mail von Herrn Schöffel ausgedruckt, und auf mein Bett gelegt. Und das Buch von Milan Kundera auf das der grüblerisch und philosophisch veranlagte Herr Schöffel verwies, hatte Rehlein sogar gleich gekauft und dazugelegt. Ich liebte Rehlein unglaublich.

Beim Blick in eine niederländische Hochglanzbroschüre bekam ich einen Schrecken: Über jenes

Konzert, das in drei Tagen stattfinden soll, hatte ich immer bloß leicht spöttisch gedacht, es handele sich um ein „Konzert mit lecker Abendessen" (Rosinenbrötchen), doch nun schaute ich auf ein reichhaltiges Programm: Werke von J.S. Bach, Ysaye und Haydn.

Mir fiel ein, daß Buz vor langer Zeit angeregt hat, ich solle mit der Britta ein Haydn-Duo spielen, und somit fühlte ich mich am Fuße eines Konzertprogrammes stehend, das ich noch überhaupt nicht kann.

Dann aber sah ich erleichtert, daß dieses Konzert auf den 6. August verschoben worden war.

Abends schauten Rehlein und ich „Familientragödien".

Die Bluttat von Zwintschöna bei Halle:

Fred Wagner, 42, löschte seine ganze Familie aus. Seine 38-jährige rundköpfige und langhaarige Frau Petra, eine Dame mit leichten Schilddrüsenproblemen. Seine Söhne Andreas, 17, Hans, 14, und Martin, 4, und die erst 17 Monate alte Monika!

Das Baby sah man sogar tot im Bett mit schwarzangelaufenen Fingerspitzen. Ein Anblick, der einen mitten ins Herz traf.

Die ganze Familie liegt zusammen in einem Grab, wo auf einem Holzkreuz „𝕌𝕟𝕧𝕖𝕣𝕘𝕖𝕤𝕤𝕖𝕟" draufsteht. Vati Fred sitzt im Knast ein: 13 ½ Jahre! Doch das Urteil kam ihm selber viel zu milde vor.

Dienstag, 15. Juli

Sagenhaft. Wunderschön sonnig

Vor dem Einschlafen fühlte ich mich nieder-
geschlagen. Ich kam mir abscheulich fett, alt und
verblüht vor – mich fühlend wie eine dumme
Putzfrau, die zwar herumputzt, über deren
Bemühungen jedoch zu sagen wäre: „Haben Sie
geputzt? Sieht man gar nicht…" Und so stak ich bis
zur Halskrause in einer scheinbar unentrinnbaren
fürchterlichen Depression.

Dann schienen gütige Hände mich aus dem
Geschehen fortgefegt zu haben, indem ich unglaublich realistisch geträumt habe und währenddessen
gemeint habe, mich im wahren Leben zu befinden.

Auf einer Brücke in der Nacht, die auch gleichzeitig eine
Konzertsaalbühne darstellte, gab ein Gitarrist vor einer
vereinzelten Zuhörerin – nämlich mir – ein ausgezeichnetes
Konzert. Sein klares und reines Spiel erinnerte an Maurizio
Pollini, den ich gestern im wahren Leben beim
Interpretieren einer Chopin-Etüde bestaunt habe.

Ich plauderte mit dem Gitarristen. Er sah recht nett aus, wir
verstanden uns ausgezeichnet, doch verliebt war ich nicht. Nun
liefen wir inmitten eines Stroms an Bekannten und ich griff
wie selbstverständlich nach seinem Arm – solchermaßen wie
eine Hausfrau vielleicht nach dem Henkel einer Kaffeekanne
greift. Nach einer Weile küsste er mich ganz unbeherrscht
ungefähr fünfmal ganz naß mitten ins Gesicht. Doch dies
stimmte mich unfroh, und ich barschte ihn an, weil ich jetzt

ein ganz feuchtes Gesicht hatte, und sich nirgends ein Tuch herbeizaubern ließ, mit dem man es hätte abwischen können.

Da zog er beleidigt ab.

Dies tat mir sehr leid.

Nach einer Weile sah ich ihn nochmals, und sagte versöhnlich: „Sei mir nicht böse!"

Der verliebte und gleichzeitig verärgerte Herr wurde von diesen Worten ganz ratlos gestimmt, so daß er gar nicht gleich antworten konnte. Er tauchte in der Menge unter, und ich hab ihn nie wiedergesehen.

Dann erhob ich mich zum Tagesgeschehen. Ich loste aus.

15 Minuten „Haushalt" kam dran, und ich verzettelte mich sehr in den Details, indem ich beispielsweise mein prall gefülltes schwarzes Börsel leerte, und die Geldstücke ordnete.

Hernach übte ich für das Konzert in drei Tagen das Ravel Septett und ein Werk von Berlioz/Stoppenburg. Doch die Arbeit machte keinen Spaß, da mich das Gefühl marterte, nachgelassen zu haben (geistig & künstlerisch), und zweitens bemerkte man in dem anstrengenden Notengestrüpp von dem Werk selber überhaupt nichts.

Ich fühlte mich wie Frau Schinke, und versuchte etwas Arbeitselan aus dem im Grunde destruktiven Gedanken, daß Bratscher *nur* solcherlei spielen, zu ziehen.

Einmal frug ich Rehlein, wie ich mich wohl für diese Arbeit motivieren könne? Rehlein sagte so süß: „Denk an der lecker Abendessen danach!"

Da kam mir die Idee, daß Herr Stoppenburg seine Konzertreihe in seinem Sommerfestival doch wohl „Musik & und lecker Abendessen" nennen könne.

Und dann gibt es in der Pause Rosinenbrötchen aus der Pappschachtel.

Zum Frühstück las Rehlein einen netten Brief von der Veronika vor, der heut von der Post geliefert wurde.

Die Veronika erzählte, daß sie gar nicht in Schreiblaune sei, da sie sich so mit ihrem Streichquartett zerknatscht habe. Sie hätte schlicht zu erklären versucht, daß 2+2 4 sei! Doch der Primarius wiederum behauptete steif und fest, 2+2=6 ! Ein netterer Mitspieler versuchte zu vermitteln: „Einigen wir uns drauf, daß 2+2=5 sei!" schlug er launenerhellend vor.

Mittags bereitete Rehlein einen köstlichen Salat zu, und ich erzählte, daß Buz so gerne spüle.

Einmal ins Spülen geraten hört er nur ungern wieder auf, da er das Spiel mit dem warmem Wasser liebe. Ich wundere mich sowieso die ganze Zeit, warum man Küchenarbeit als Strafe empfindet?

Dabei ist´s doch ein reines Vergnügen!

Ich stellte mir vor, daß Buz als Kleinkind vielleicht oft geweint hat, weil das Utelchen immer spülen durfte und er nicht.

Vor dem Küchenfenster sah man die Arbeiter herumagieren, - junge Burschen - und ich erfuhr, daß Rehlein ihnen um drei Uhr ein Tässchen Tee zu kredenzen pflegt, und hierzu köstliches Karamell-Eis reicht.

Doch die staksigen Burschen zollten Rehlein nur wenig Dankbarkeit, indem die Burschenarme nur rüsselartig durchs Fenster nach den gebotenen Speisen griffen.

Wir warteten auf die Margarethe, und nach einer Weile rief sie vom Auricher Busbahnhof an, und Buz schoss wie ein Wirbelwind hinweg, um sie abzuholen.

Buz holt für sein Leben gerne jemanden ab, und dies habe ich geerbt, und kenne das Gefühl genau.

Eine Abholung ist für uns ein sinnlicher Genuss jener Art, als wolle ein Genießer eine reife Frucht von einem üppig blühenden Obstbaum pflücken.

Auf die Margarethe freute ich mich - grad auch durch Rehleins Sinne - sehr. Als sie dann aber da war, war ich direkt ein bißchen erschrocken: So lang und dünn war sie geworden. Fast wie ein Junkie aussehend. Die Margarethe war äußerst verlegen, und hampelte verlegenheitslösend mit ihren langen Armen und Beinen herum.

Rehlein erzählte, daß sie gehört habe, daß die Margarethe bei ihrer Schwiegermutter ein gänzlich anderer Mensch sei, als bei ihrer Mutter! Lieb, hascherlhaft und zahm wie ein Lamm – und zu ihrer eigenen Mutter furchterregend und aufbrausend.

„Das stimmt!" gab die Margarethe zerknirscht zu, „zu meiner Schwiegermutter bin ich viel höflicher, als zu meiner Mutter!"

Abends entschwand Buz in die „Börse", und Rehlein und ich aßen mit der Margarethe zu Abend. Rehlein erzählte ganz viel, und es wirkte direkt so, als würden sich zwei junge Muttis austauschen, denn Rehlein erzählte so viel über mich.

Dann erzählte Rehlein auch noch, wie Buz einem bösen Hund in Taiwan, der 24 Stunden lang am Stück zu kläffen pflegte, eine giftige Wurst ins Gehege gelegt hat.

Der hochaggressive Hund gehörte gefährlichen Amerikanern aus jenem Schrott & Korn, die im Vietnamkrieg schändlichste Gräueltaten verübt haben, und ein Hundeleben über ein Menschenleben stellen.

Somit lebte Rehlein beständig in der Furcht, man könne Buz auf die Schliche kommen, und aus Rachegründen würde man nun uns Kinder vergiften.

Mittwoch, 16. Juli

Sagenhaft schön. Doch am Abend gewitterte es

Im Traume *saß ich mit Herrn Bloser beim Tee.*

Einem Herrn, mit dem ich mir früher so viel zu erzählen
wußte, und der nun traurigerweise gar keinen Erzählschwung
mehr in mir aufzuwirbeln verstand.
   In quälender Einsilbigkeit saßen wir einander gegenüber.

Nach einer Weile klingelte es an der Haustüre. Der
Manager Thomas H. kam zu Besuch, und man sah´s
mit einem Blick: Alles beim Alten. Der Jojo-Effekt
hat voll zugeschlagen.

Endlich konnte ich die Geschichte vom „lecker
Abendessen", die ich in letzter Zeit andauernd
erzähle, anbringen, denn durch die Ohren vom
Thomas fand die Geschichte wundersamerweise
auch Einlass in *Buzens* Hirnkanäle, und Buz machte
ein frohes Gesicht zu dieser lustigen Geschichte:

Wie Herr Stoppenburg das gesamte Ostfriesische
Kammerorchester köderte: 200 € und ein lecker
Abendessen! Doch das „lecker Abendessen", für das
sich alle den Hunger aufbewahrt hatten, war lediglich
eine Pappschachtel mit labbrigen Rosinenbrötchen,
die im Bus herumgereicht wurde.

Nach einer Weile unterhielt ich mich mit der
Margarethe darüber, was wir an uns selber wohl
gerne anders hätten? Ich fertigte eine Liste an, und
überlegte an jedem Punkt unglaublich hartnäckig
herum, wie man ihn wohl tatsächlich ändern könne?

Die Margarethe zum Beispiel würde ihren Kopf
gerne verkleinern lassen, und so riet ich, beim Dr.
Schless, dem Schönheitschirurgen, der in unserer
Straße lebt, vorzusprechen. Herr Schless nimmt die

Sorgen und Nöte seiner Patienten immer ernst, und überlegt gleich engagiert, wo man wohl etwas wegnehmen könne? Am Gehirn? Doch das möchte die Margarethe nicht, und so fertigt der Doktor eine Skizze an. Gemeinsam überlegt man sodann in aller Ruhe, auf welche Kahlflächen auf Kopf und Gesicht sich wohl am ehesten verzichten ließe?

Wieder griff ich zu meiner Violine, und verband das Langweilige (eine siebtel Stimme von Ravel oder Berlioz zu üben) mit dem, was Freude macht: Über den Rand der Partitur hinweg blickte ich aus dem Fenster, und ergötzte mich an dem, was die Nachbarn wohl so trieben?

Und die Margarethe hielt sogar einen Vormittagsschlummer ab.

Zwiefach linste ich durchs Schlüsselloch, weil ich mir einfach nicht vorstellen konnte, daß jemand, der jung und gesund ist nach einem ausgiebeigen Nachtschlaf nun tatsächlich auch noch einen Vormittagsschlaf hintanfügt?

„Die führt doch was im Schilde!" dachte ich stattdessen. Doch man sah die hennarot getönte, enganliegende Helmfrisur auf dem Bette liegend.

Herr Nagel hatte mir meine Kritik aus Bensheim geschickt: „Auf das Konzert hatte sie sich ausgezeichnet vorbereitet" stand da über mich, was angesichts der mageren „Besucherschwemme" von etwa 13 Leuten besonders anrührend klang.

Ich frug mich, warum ich wohl so müde sei, und nach einigem Nachdenken kam ich drauf: Es war der Gedanke an die Probe um 16 Uhr in der Musikschule, der mich so müd gemacht hatte.

Zwar hatte ich am Vormittag extra zum Zwecke, Fröhlichkeit herbeizubeschwören, ausgerufen: „Ich freu mich auf die Prooooobe!" Doch die beschwörenden Worte huschten wie ein Wind durch meine porös gewordenen Glückskanäle und fanden nirgends Halt, da die Luft, so wie das Blut in der Hirnarterie von Ladan und Lalei, überall entwich.

Wir saßen mit der Margarethe beim Kaffee, und ich erzählte von meinem Vetter Vanni, dessen Mutti geraten hatte, mal kräftig mit der Faust auf den Tisch zu hauen, um sich gegen seine dominante Freundin durchzusetzen. Der Vanni befolgte den mütterlichen Rat, und brach sich dabei den Arm.

Dann aber bemühten wir uns sehr um Pünktlichkeit, und nahmen sogar mehrere Notenständer mit, da Rehlein uns erzählt hatte, daß ein gewisser Jemand in der Musikschule unsere Arbeit einst dahingehend zu boykottieren pflegte, daß er alle Notenständer in ein Zimmer einschloss, und das Schloss auswechselte.

Doch in diesem Punkt wurden wir dann regelrecht *beschämt*, denn im rechten Zimmer im zweiten Stock standen ganz viele wunderschöne, edle mattlackierte schwarze Massivnotenständer.

Am Fuße der Musikschultreppe lernten wir den niederländischen Klarinettisten „Izebrand" kennen. Einen sympathischen Herrn mit unglaublich langen dünnen Beinen und langen Füßen, die in JESUS-Latschen staken.

Während der Probe schaute ich oft liebevoll zu ihm hin, und bemerkte, daß er aussah wie ein Sohn von Königin Beatrix. Sein freundliches Lächeln, das sein sonniges Gemüt spiegelte, schien ihm gar mitten ins Gesicht hineinge*stempelt*!

Die quirlige und plaudersame Annelotte zu seiner Linken nahm ihn auch sofort in Beschlag, erzählte ganz viel von ihren Kindern und erkundigte sich anteilnehmend nach seinen Vermehrungsambitionen. Wir erfuhren, daß der nette Herr im Oktober Vater wird, und sich schon riesig auf dieses Ereignis in seinem Leben freue.

Die Annelotte als junge Mutti von zwei Kleinkindern redet am liebsten unablässig über ihre Kinder, und auch die Margarethe frug sie soeben: „Junge oder Mädchen?" Dies wirkte insofern lustig, da die Margarethe zur Zeit mit ihrer streichholzkurz geschorener Frisur wie ein Junge ausschaut.

Nach langer Zeit begrüßte ich nun auch wieder die Britta, und brachte gleich zur Sprache, wie es wohl hätte sein können? Daß sie total sauer auf mich wäre, weil ich nie geschrieben habe, und ich wiederum total sauer auf sie, weil *sie* nie geschrieben hat?

Die Harfinistin Marion begrüßte mich aus Unaufmerksamkeit überhaupt nicht, doch dann dachte ich mir, daß man sich mit jemandem, der so dürrgeistig und zeitgeizig „Grüße, Marion" unter die Noten schreibt, gar nicht so überschwenglich begrüßen müsse.

Zu Probenbeginn hörte man Anregungen dieser Art: „Der Puls stimmt nicht überein!" (Dies sprach die Annelotte.)

„Nicht so viel schwätzen!" sagte Buz schon nach ganz kurzer Zeit erunwirscht, und ich bildete mir ein, dies harsche Wortgeschoss habe die Annelotte leicht gekränkt, denn auf ihrem Antlitz spiegelten sich nun Züge, die mir von der Omi Mobbl her nur allzu vertraut waren. („I sag gar nix mehr!")

Doch letztendlich war die Probe ganz nett, und toll fand ich auch, daß wir weniger probten, als veranschlagt war.

Vor dem Fenster herrschte schönster Sonnenschein. Stolz zeigte Buz uns ein Bilderbuch, das ihm die Britta geschenkt hatte: „Kunst aufräumen".

Donnerstag, 17. Juli

Bewölkt und sonnenfrei

Bedingt durch die wohltuende Aura unseres Logiergastes Margarethe ist Rehlein derzeit so bezaubernd, daß man sein Glück kaum fassen kann. Sogar auf ihre allmorgendliche Geschichte im Radio verzichtete Rehlein, weil sie sich lieber darum kümmern wollte, daß der Tisch gasteskonform ganz schön gedeckt sei, damit beispielsweise der gestresste Buz im Familienleben eine kleine Oase der Ruhe finden sollte.

Nach einer Weile gesellte sich die Margarethe zu uns, und wieder kam jene verbindende Stimmung auf, daß zwei Muttis sich austauschten.

Ich - vor einer Fülle an Tätigkeiten stehend, zumal wir ja um viertel vor zwölf zur Probe nach Ter Apel aufbrechen wollten – fühlte mich am Frühstückstisch wie angenagelt, da Rehlein sehr tief in der Mottenkiste der Erinnerungen kramte, und ich als rückwärtsgewandter Mensch mir nichts entgehen lassen wollte.

Rehlein erzählte, wie sie einst eine Woche lang mit ihren Eltern in Italien war, weil Buz einfach über ihren Kopf hinweg beschlossen hatte, daß sie sich mal von den Bälgern erholen müsse. Währenddessen passte die Schwiemu auf uns Kinder auf.

Doch Rehlein wollte sich überhaupt nicht von ihren Kindern erholen – denn für sie gehörten die Kinder zu einem erfüllten Leben einfach dazu. Sehr gerne jedoch hätte sich Rehlein mal von den Schülern erholt, die unentwegt bei uns ein- und ausgingen.

Rehlein hatte gestern extra noch Duftreis eingeweicht, und wollte dafür sorgen, daß wir vor der anstrengenden Probe noch etwas Gescheites zu essen bekämen. Reis mit Erbsen, Champignons und ganz viel Petersilie.

Hernach fuhren wir ab.

Buz fuhr zunächst vielleicht ein wenig staubaufwirbelnd und ungestüm, da es während dem „Musikalischen Sommer" immer so übertrieben in den Lüften liegt, daß man sich in Zeitnot befindet.

In Leer pickten wir die Annelotte auf, die ihr kleines Söhnchen Johannes im Arm hielt. Das Haupt vom kleinen Johannes war mit einer flirrenden kurzgeschorenen Sträflingsfrisur bedeckt, und der kleine Kerl gab sich ganz sperrig, so daß mich die Idee bewehte, daß viele Leute von Natur aus gar nicht so nett sind. Die Nettigkeit muß ihnen erst beigebracht werden.

Auf Ehefrauenart nahm die Annelotte im Auto neben Buzen Platz und beplapperte ihn die ganze Zeit unbekümmert mit ihren Schwangerschafts-geschichten. Neben mir saß die Margarethe in einer fast stumm zu nennenden Ausstrahlung, so daß man sie gar nicht spürte.

In Ter Apel lernten wir einen Hornisten namens Erik kennen. Ich wiederholte den Namen, als wolle ich ihn mir einprägen und lies ihn lustvoll auf der Zunge zerschmelzen – dachte dabei jedoch an Rehlein, dieweil Rehlein die größte Freude in meinem Leben ist.

Dann probten wir los:

Ein kunstvoll umgearbeitetes Werk von Berlioz, und der Komponist Herr Stoppenburg übernahm die Leitung.

Das Probenverfahren schaute folgendermaßen aus:

Zuerst wurden die einzelnen Sätze ohne, und dann mit der Sängerin durchgearbeitet, und auf diese Weise verfloss die Zeit in angenehmem Tempo.

In der Pause plauderte ich mit der Margarethe und erfuhr, daß sich ihr Mann Konrad unter dem Strich nur mäßig mit den Schwiegereltern verstünde, obwohl er sich doch mal zu Begrüßungszwecken mit der Schwiemu bebusselt hat. Ich seh´s noch heut vor mir.

Dies geschähe jedoch nur, wenn es unbedingt sein müsse, erfuhr ich nun ernüchterlich.

Mit der Schwiemu streitet er zuweilen leicht, und der Schwiegervater wiederum sei so unglaublich anders als der Schwiegersohn, daß es nicht zu fassen sei. Zynismus und Ironie sind dem alten Herrn so fremd wie sonst was, und wenn jemand gerne zynisch und ironisch durchtränkt redet, so wie der Konrad zuweilen, so versteht es der Opa überhaupt nicht, und nimmt alles, was gesagt wird für bare Münze.

Wir fuhren mit der Probe fort.

Als die Probe vorbei war, wollten alle freiwillig viel länger proben, weil sich ein jeder von uns in diesem sensiblen Opus wie auf Eiern fühlte. Doch der Küster bedeutete uns, das Feld zu räumen.

Als wir die Annelotte in Leer ablieferten, wurde noch Tee serviert. Wir versuchten ihre beiden Buben süß zu finden, und ich dachte:

„Ich finde sie süß, aber ich würde sie gerne noch süßer finden!"

Worte die in variierter Form den Lippen einer Frau hätten entsprungen sein können, die sich aus einer Torschlußpanik heraus etwas überstürzt in eine Ehe gestürzt hat, und abends ins Tagebuch schreiben muß: „Ich liebe ihn, aber ich würde ihn gerne noch etwas mehr lieben!"

Zur Hilde hatte ich unlängst über die kleine Ayla gesagt: „Sie ist soooo süß! Ich habe schon tausende von Kleinkindern gesehen, doch so ein Süßes war noch nicht dabei."

Wieder daheim:

Von unten her ertönte eine infantile Albernheit: Die Britta war gekommen.

Die Margarethe hat so eine fabelhafte Wellenlänge zum süßesten aller Rehleins, während die Britta wiederum einen leichten Schülerkoller in Rehlein auszulösen pflegt, und dadurch, daß ich so unglaublich innig an Rehlein angekoppelt bin, spüre ich´s genau. Dies dürfte daran liegen, daß die Britta sich so unerhört toll, und hinzu ohne Worte, mit Buzen versteht.

Buz und Britta musizierten Haydn Duos, und die Margarethe verabschiedete sich bereits um 22:02 ins Bett. Sie in ihrem Schlafanzug hatte eine verlassene Ausstrahlung wie im Schülerlandheim.

Wir drei anderen setzten uns noch zu einem Glas Wein nieder.

Man erwartet sich immer Wunder was von einem behaglichen Tagesausklangsbeisamensitzen mit Buzen, doch eigentlich gerät Buz eher in Stimmung, wenn noch ein Anderer dabeisitzt.

Rehlein bemüht sich derzeit wirklich unglaublich um eine positive Ausstrahlung, doch nun nervte es Rehlein leicht, warum Buz so lange ganz geistesversunken das Vorwort im Buch „Kunst aufräumen" las?

Hernach sprach man, wenn auch auf netter Ebene nur darüber, daß Buz jetzt ins Bett müsse.

Freitag, 18. Juli

Diesig – sonnig – wolkig

Heute träumte ich sehr intensiv:

Ich beschloss, ein altes Hobby fortzuführen: Straßenmusik auf der Frankfurter Meile zu betreiben, obwohl ich mich sogar selber ein bißchen über meine Kühnheit wunderte, am helllichten Tag mitten in Frankfurt Straßenmusik zu betreiben!

Die Stelle schaute ein bißchen aus, wie ein Aussichtsplateau in Shanghai, und nach vielen Stunden hatte ich erst einen vereinzelten €uro zusammengespielt. Umso kostbarer schien mir dieser glänzende Taler in meinem Violinkasten.

Doch das böse Erwachen kam erst: Ich befand mich nämlich keinesfalls auf der Frankfurter Meile, sondern auf Deck eines Schiffes, und dieses Schiff hatte soeben angefangen nach Norwegen loszufahren.

Dann lag ich voller Lampenfieber vor dem abend-
lichen Septett-Konzert wach im Bett.

Ich hatte das Gefühl, daß es so einfach nicht
weiterginge, und ich mich aus meinem Lebens-
korselett herausschälen müsse, um neue Lebens-
qualitäten zu gewinnen. Zum Beispiel die komplizierten Notengirlanden im Werk von Berlioz mit
Freuden zu üben, und einen Lustgewinn aus der
Arbeit zu ziehen, statt sie als Last zu betrachten.

Von meinem Fenster aus sah ich, wie Buz, der sich
schick herausgeputzt hatte, über die Straße lief, um
im Nachbarsgarten vor einem besonders hübschen
Blumenbusch von einem Profi fotografiert zu werden.

Beim Frühstück erzählte Buz der Margarethe, wie
seine Mutti immer „ganz vernümfdich" war. Ich aber
warf ein, daß die Omi gelegentlich auch total
hysterisch sein könne, und davon bekam Buz einen
ganz überraschten Ausdruck ins Gesicht, da ihm
dieser Aspekt in der Persönlichkeit seiner eigenen
Mutter gänzlich neu war.

Im allgemeinen Chaostumult dachte ich darüber
nach, was es für ein ungeheurer Streßaderlass ist,
wenn jemand stirbt, und so brachte ich beim
Mittagessen die Sprache auf dies´ Szenarium, und
als Opfer wählte ich mich selber aus: Wie es wohl
gekommen wäre, wenn ich heut morgen tot im Bette
gelegen wäre?

Die Margarethe hat eine dahingehende Wellenlänge zu mir, daß ich sie mit Kuriosem und Absurdem nur so voll labere. Ich muß sie nur ansehen, und schon fällt mir eine Absurdität ein, über die zu sprechen wäre. Zum Beispiel, daß man die Tiefe der Trauer vom Konrad, wenn sie denn mal verstorben wäre, bereits jetzt testen könne, indem man anruft und sagt: „Es ist etwas ganz Trauriges passiert: Die Margarethe lag nämlich heute morgen tot im Bett. Aus! Exitus!"

Dann wiederum dachte ich uns aus, wie der Anbau endlich fertig ist. Dann ruft der Onkel Ebergard an und sagt mit Grabesstimme: „Schröder will das Haus verkaufen. Würdet ihr Mutter zu euch nehmen?"

Zur Mittagsstund kamen Friedel und Rosa, und ich hatte die Margarethe ja schon darüber unterrichtet, daß sie genau in Friedels Beuteschema passe, so daß die Margarethe vor dieser Begegnung direkt ein wenig Lampenfieber verspürte.

„Am Abend wirst du in dein Tagebuch schreiben müssen „Nichts ist mehr wie es war!"" prophezeite ich lachend.

Die Rosa hatte Rehlein so nett einen riesengroßen Blumenstrauß mitgebracht.

Buz hatte kaum Zeit, die Frischankömmlinge angemessen zu begrüßen, da er hinforteilen mußte, um die Britta bei ihrer Gastmutti abzuholen.

Im Abreisestress war das süße Rehlein vielleicht ein bißchen überdreht, und brütete laut Befürchtungen aus, die so abwegig wiederum auch nicht schienen. Daß Buz, um dem jungen Ding zu imponieren, beim Autofahren womöglich voll auf die Tube drückt?

Dies sagte Rehlein wenig später sogar der Britta, da sie es bereits vor sich zu sehen glaubte, wie Brittas infantiles Backfischgekicher über diesen Unfug, Buz sogar noch anstacheln würde.

„Ach Gottchen!" sagte die Britta gönnerhaft, so wie Buz zuweilen, und ich fand es unmöglich. Ich verschob die Britta ins „Schülerpestdoc" in meinem Gehirn, und es erschien ein graues Quadrat auf computerlatein:

soll das Doc „Brittaexe.-440...ersetzt werden? weil sie nämlich schon drinne war.

Auf der Autofahrt bemerkte ich, daß die Britta heut leicht auf der B-Seite stak, da im Laufe der Zeit jegliche Demut aus dem Lehrer/Schülerverhältnis entwichen ist, und man sich somit hildenartig ganz seiner Launenhaftigkeit hingeben kann.

In Brittas Aurenbannkreis bekommt Buz eine etwas andere Ausstrahlung als sonst, und bemeckerte meinen schönen roten Rucksack, den er am liebsten samt dem Tagebuch in den Kofferraum hinein-gequetscht hätte, damit vorne mehr Platz wäre.

Eingekeilt zwischen Margarethe und Britta saß ich auf der Rückbank, und dadurch, daß die Britta zu meiner Linken so etwas Undefinierbares ausstrahlte, beschloss auch ich, zehn Minuten lang zu schweigen.

Interessiert wartete ich darauf, wer wohl wann das dumpfe Schweigen bricht.

Die Margarethe war´s, indem sie die Britta auf Rückblicksphasenbasis nach alten „Trossingern" befrug.

Auf Seniorinnenbasis hatte ich bereits überlegt, daß die Britta vielleicht aus jenem Grunde leicht sauertöpfisch gestimmt sei, weil die Liebe zu ihrem Freund Rainer nach nun fünfeinhalb Jahren womöglich einen leichten „Stich" bekommen haben könnte?

„Was ist denn aus dem Rainer geworden?" frug ich wunderfitzig.

„Ein süßer Mensch!" sagte die Britta warm.

Ich erzählte vom Kantor Schmid, und fabulierte allerlei zusammen. Erfundenes mischte sich mit Geschchten, die stimmen *könnten:* Zum Beispiel, daß er im Laufe des Lebens gelernt habe, Frauen zu hassen. Er hat zwar selber eine, versucht jedoch so viel Zeit wie irgendmöglich ohne sie zu verbringen.

Frauen - so hat den braven Kantoren das Leben gelehrt - machen einen scharf und verschwinden dann mit einem Anderen.

Doch wenn die Margarethe ihm mal die Seiten wendet, so sagt er überraschend: „Danke. Sie haben mir den Glauben an die Frauen zurückgegeben!"

In der Sakristei war das versprochene „Lecker-Abendessen" für uns aufgebaut: Dreieckige Sandwichs – wie vom Bimmelbimbo in der Bundesbahn zu unverschämten Preisen feilgeboten.

Die Kinder von der Annelotte waren leicht lärmig.

Das kleine Xaverl drosch laut mit den Schuhspannern umeinand, so daß man ihm eigentlich eine hätte langen müssen.

Der kleine Johannes, von dem man bis vor kurzem freudig gemeint hatte, er sei womöglich ein musikalisches Genie, da er immer so ein Interesse an der Musik zeigte, war aber nun doch nicht so interessiert.

Nach nur zwei Sätzen von Buzens schöner Franck-Sonate stürmte er wie ein kleiner Derwisch wieder herbei und spielte unerträglich geräuschvoll mit seinem Spielzeugauto.

Das Ravel-Septett zupfte die Harfinistin mit ganz zittrigen Fingern.

Kurz bevor wir mit dem Berlioz-Septett anhoben, konnte ich's nicht fassen, daß es bereits so weit war, da es doch ein Stück ist/war, das ich vor drei Tagen noch gar nicht gekannt habe!

Herr Stoppenburg dirigierte so, daß man gar nicht hinschauen mochte, der Ton sollte nämlich immer dann kommen, wenn der Schlag zuende war.

Dann war's vorbei.

Rehlein war mit Friedel und Rosa angereist, und nun zeigte sich Rehlein äußerst besorgt, jemand könne auf mein grünes Kleid treten, das sich längenbedingt sehr über den Fußboden ergießt.

(Vielleicht bin aber auch nur ich zu kurz.)

Der Friedel, ein hart arbeitender Mann, der sich morgens mit dem ersten Hahnenschrei zu erheben pflegt, war schrecklich müd, und wollte so rasch als möglich nachhause fahren.

Rehlein als Ehefrau wollte unbedingt mit Buzen heimfahren, und die Britta in mir interpretierte es sicherlich nicht ganz zu Unrecht so, daß Rehlein es nicht so gerne sieht, daß Buz mit dem jungen Ding alleine fährt?

Margarethe und ich fuhren mit Friedel und Rosa. Voll Behagen ließ ich mich in den Sitz sinken. „Bei euch ist es so schön, daß ich das Gefühl habe, nach langen Irrungen und Wirrungen endlich angekommen zu sein. Mehr noch: Es fühlt sich an, als wäre man nach einem zwanzigjährigen Knastaufenthalt von lieben Verwandten abgeholt worden. Auf in ein neues Leben!"

Die Margarethe vermisst ihre Kinder üüüüüberhaupt nicht.

Das ist wirklich interessant, zu prüfen, wie lange es dauert, bis man seine Kinder vermisst – oder ob man sie überhaupt vermisst?

Sie könne, so schlug ich vor, doch jetzt in eine Pension ziehen, *und auf die Vermissung warten? Jahr für Jahr schickt der Konrad an Weihnachten Fotos, worauf zu sehen ist, wie groß die Kinder mittlerweile geworden sind. Hinten steht drauf „Mutti, wir vermissen dich!"*

Die Margarethe horcht in sich hinein, und frägt sich, ob sie die Kinder wohl auch vermisse.

„Soll ich ehrlich sein?" frägt sie sich, und schickt die Antwort gleich hinterdrein: „Üüüüüüüberhaupt nicht!"

Nach null Uhr waren wir daheim, und stellten unsere ergeigten Blumensträuße in Vasen, so daß es im Wohnzimmer ausschaute wie an einem Begräbnistag. Aus diesem Grunde fieberte ich der Heimkunft von Rehlein & Buz doppelt bang entgegen.

Buz und Rehlein hatten die Britta auf den Bahnhof in Meppen gebracht, und sich auf der Heimfahrt leicht verfahren.

Samstag, 19. Juli

Sagenhaft schön

Ein winziges Eck aus meinem Traum ist mir geblieben: *Daß ich nämlich in den Spiegel blickte, und es nicht fassen konnte, <u>wie</u> verrunzelt ich bin.*
Im wahren Leben stand der Friedel vor meinem Fenster und rief nach mir.
Er rief: „Franze! Kommst du mit ans Meer?"
Aus Nettigkeit, aber auch aus Freude über die Verwandten sagte ich: „Jaa," allerdings ohne Ausrufezeichen, so wie auch hier zu lesen, da dies mich ja noch weiter von meinen vielen Tüchtigkeitsbestrebungen hinwegschwemmen würde!

Unten wurde bereits Tee serviert. Es handelte sich um das Abschiedsfrühstück für die Margarethe, die wir alle liebgewonnen haben.

Die in ihrem Gebaren leicht pubertär anmutende Margarethe hatte sich schon so an uns gewöhnt und litt unter großem Abschiedsschmerz.

Doch leider konnte man die stille Margarethe bei diesem Frühstück nur am Rande genießen, da sich eine neue Gästeschicht über die alte stülpte: Friedel und Rosa, die gekommen waren, uns zu besuchen.

Wie selbstverständlich kann man im Hausfrauenstile alles an die Rosa hinschwallen, was einem gerad so durch den Kopf zieht, und die Rosa saugt alles gutmütig auf. Sie merkt sich alles, was man erzählt, stellt keine törichten Nachhakefragen, aus denen hervorgeht, daß sie gar nicht zugehört hat – wie dies bei vielen Musikern leider die Norm ist – und lacht in freundlicher Erheiterung, wenn man mal ein Späßle macht.

Der Friedel holte seinen Läptop herbei, und für uns als Familie ist´s jedesmal ein Hochgenuss, uns um den Friedel herumzugruppieren und seine Fotos zu betrachten.

Alle Sinne zentrierten sich auf die Fotos von der kleinen Ayla, und Buz wurde von großem Lampenfieber erfasst, da der Friedel zuvor auf seine natürliche Art, frei von wertenden Beiklängen, verkündet hatte, daß die Hilde nach der zweiten Schwangerschaft ziemlich dick geworden sei.

Doch ausgerechnet diese Fotos, auf die wir nun so gespannt waren, leuchteten nicht auf.

Wir fuhren ans Meer. Ich saß neben der Rosa, und wir psychologisierten über die lattige Margarethe mit ihren raspelkurzen Haaren, die in unserem Leben eine Lücke hinterlassen hat, die man nur schwer füllen kann. Höchstens mit Arbeit und einem angestrengten Blick weit in die Zukunft, wie er ja allenthalben empfohlen wird. Der Friedel hatte die Margarethe als so überaus schüchtern empfunden, und so drehten sich unsere Reisegespräche ein bißchen um diesen Themenkomplex.

Manchmal hätte ich gern vierstimmig gehört, als Rehlein nämlich von der gestrigen Reise nach Meppen sprach.

Kaum war man in Meppen, da fiel der Britta ein, daß sie ja gar nicht nach Meppen selber, sondern bloß in ein Dorf *bei* Meppen strebte, und Rehlein hatte sich schon so gewundert, was die Britta wohl in Meppen vorhat.

„Einen Verwandtschaftsbesuch", meinte die Britta vage.

„Häää?" In mein Gesicht malte sich die ungläubig geplättete Nase einer Aborigine.

Doch es war bloß eine Reise mit dem Neusser Kammerorchester, der sich die Umtriebige kurz entwunden und nun wieder anschließen wollte.

Buz habe gesagt: „Da verdient sie gaaanz viel Geld!"

„Wieso müssen *wir* sie dann nach Meppen fahren?" wollte Rehlein wissen, „dann könnte sie sich doch ein schönes Hotel nehmen!"

„Na soooo viel auch wieder nicht!" habe Buz in Friesenlogik geantwortet, so Rehlein.

Wir besuchten den Küstenort Carolinensiel, und liefen dort herum. Friedel und Rosa liefen mit sehr lose verkeilten Fingern.

Einmal griff der Friedel sogar mit der selben Attitüde nach *meiner* Hand, doch vor der Rosa dran war mir dies peinlich, so daß ich zu Peinlichkeitsabdämpfungszwecken gleich eine kleine Posse dazu beitrug: Wie es nämlich so sei, wenn ein Herr geistesabwesend herumsummend und ins Nichts blickend vor sich hinläuft, und plötzlich eine andere Frau mit sich herumführt?

Wir begegneten zehn unerschrockenen Enten, und bestaunten das feine Aderngeflecht auf ihren Watscherln.

Leider befanden sich auf dem Friedhof, in den die Deichkirche mit ihren schönen rotlackierten Bänken eingebettet ist, sehr viele Grabstätten von Frühverstorbenen.

In einem Schaufenster stand ein Original-Ostfriese aus Plastik, den man sich in den Garten stellen kann. Er kostete 49 €, und ich frug mich, ob dies wohl ein passendes Geschenk für die Bildschirmschoner wäre?

Zur Mittagsstund´ saßen wir in einem Lokal.

Auf den Tischen stand je eine so wunderschöne Eiskarte, daß jegliches Diätbestreben zerschmolz.

Doch der Friedel wollte eigentlich lieber Fisch essen („Wenn man schon an der See ist!"), und in einem anderen Lokal wiederum schienen ihm die Preise zu saftig.

Doch grad so, wie bei seiner Suche nach der passenden Frau fand sich auch bald das passende Lokal.

„Bei uns stimmen Qualität und Preise!" stand schon an der Türe.

Es handelte sich um ein Nichtraucherlokal. Etwas, das man allerdings gar nicht merkte, da man als Erwachsener eher auf das Negative konditioniert ist.

Ich schleppte Illustrierte herbei.

In der BUNTEN las man auf dem Titelblatt verheißungsvoll:

Bärbel Schäfer: Warum sie Friedman verzeiht. (Ein Interview.) ← Es, das doch die Leser ködern sollte, entpuppte sich dann allerdings als äußerst zugeknöpftes Interview im Stile der Mutter von Claudia Schiffer, die ja nicht einmal sagen wollte, ob sie ihren Schwiegersohn nett findet.

(„Dazu möchte ich mich nicht äußern!" gab sie sich spröd)

Wir zogen weiter – bis in das sonnenbeglitzterte Urlaubsparadies „Neuharlingersiel".

Die Parkplatzbetreiber hatten sich etwas einfallen lassen: Man mußte vier Stunden parken, und es kostete drei €uro.

„Da kommt bei mir der Opa durch!" sagte der süße Friedel, dem dies zu teuer schien, fast fröhlich, und Rehlein & ich freuten uns, daß in ihm der Opa weiterlebt.

Wir balancierten auf Felsbrocken, die mit einer glitschigen Oberfläche überzogen waren ins Meer hinein.

Am späten Nachmittag waren wir wieder daheim. Frau Lüvers hatte uns 40 Kuchenstücke liefern lassen, so daß unser Heim zum üblichen Chaos auch noch mit Kuchen und Blumen angefüllt war. Rehlein lud Friedel und Rosa zum Kuchenessen ein, doch mit Buzen war es ein wenig ungemütlich, da er ständig vergebens nach verlorenen Noten von seinem Freund Ivo herumsuchen mußte.

Ich übte Beethovens Streichquartett op. 18/4, und nett fand ich, daß sich die Rosa, so wie einst das Lindalein, in den Schaukelstuhl schmiegte, um meinem Spiel zu lauschen, auch wenn sie nach einer Weile „die Glücksformel" dazu las.

Um 22:00 rief der Friedel aus dem Twardokus an, um sich zu erkundigen, ob man wohl etwas von Ming gehört habe? Doch von Ming hat man bis zur Stund (0 Uhr) noch nichts gehört. Bis eben hatte ich Ming eher nicht vermisst, da es ihn ja ohnedies nur noch im Doppelpack gibt. Doch plötzlich wehte mich ein hoher Vermissungsgrad an, und ich wünschte, er wäre da.

Sonntag, 20. Juli

Zuerst heiß und hochsommerlich.
Abends Wind und Gewitter

Ich träumte, *daß ich irgendwo unterwegs eine Zeitung fand, die ich dann später auf einer Toilette entfaltete. Dabei stellte ich fest, daß es sich um die „Kieler Nachrichten" handelte.*

Auf der Seite mit den Traueranzeigen sah man, daß es einen Herrn mit Namen „Frank" erwischt hat, und an den Namen der Hinterbliebenen konnte man erkennen, daß es sich um Rehleins Vetter Frank handelte. Eine ellenlange gereimte Litanei stand über ihn zu lesen. Das Destilat: Nachdem sein Traum, medaillenbehangener Kunstturner zu werden, geplatzt war, rutschte er in ein pennerhaftes Leben ab. Größtenteils lebte er auf der Straße und quatschte die Passanten an: „Ey, haste mal ´n Euro?"

Bedingt durch all dies ertrug die Familie seinen Tod mit Fassung.

Später überbrachte ich Rehlein die traurige Nachricht. „Dein Fetter Vrank ist gestorben!" sagte ich feierlich - und traumesunlogischerweise hatte ich die Buchstaben F und V bei meinen Worten einfach verwechselt.

Rehlein und Rosa hatten gekocht. Es gab gelben Reis und köstlichen Salat.

Der Friedel war traurig, daß er Ming scheinbar nicht mehr antreffen würde, und „verdächtigte" den Treulosen gar, im Liebesrausch zu stecken.

Mit diesen Worten versuchte der Friedel seinen Kummer in müdem Humor zu ertränken.

Buz erbot sich, eine Runde mit Mings Auto zu fahren, weil es sonst zu heiß geworden, und der Tank womöglich explodiert wäre. Rehlein fand das sehr nett, und machte Buz gar ein Kompliment, daß er so aufmerksam sei.

„Das kenne ich gar nicht an dir!" sagte Rehlein, da eine Ehefrau aus Stolz vor sich selber das Bissgürnige nur selten völlig hinter sich lässt, und unfassbar wär´s natürlich gewesen, wenn Buz von dieser Runde nie wieder zurückgekehrt wäre.

Darüber beplauderte ich nun die Rosa.

„Drum schreibe ich ja auch den Roman „Der fünfte Teller"!" erläuterte ich. Einen Roman, von dem mir die ersten Satzknäuel bereits ins Hirn getreten waren:

„Deck doch sicherheitshalber mal für fünf!" sagte meine Mutter auch heute. Das sagte sie schon seit dreißig Jahren. Doch seither war Vater nicht wiedergekehrt."

Buz ist dann aber doch wieder gekommen, und nun zentrierten sich die Sinne auf die Abfahrt zum Konzert in die Niederlande.

„Die Kika fährt dann 80!" sagte Buz nach Art eines übermütigen Jungen, der ein Mädchen bespöttelt, und Rehlein empörte sich leicht darüber, obwohl sie doch eben erst entpört war, weil Buz das überhitzte Auto so nett kaltgefahren hatte.

Ich freute mich sehr, mit Rehlein nach Holland zu fahren. Hinter uns fuhren Friedel und Rosa, und Buz überholte uns alle auf angeberische Art.

Seltsamerweise überholte er uns nach einer Weile ein zweites Mal, so daß wir uns wundern mußten.

Rehlein erzählte begeistert, daß ihr die Rosa um so vieles besser gefiele als die Claudia. Sie sei in der Küche derart versiert, daß selbst Rehlein als erfahrene Küchenfee hie und da in Versuchung geriet, die Jüngere um Rat anzusuchen.

Wir parkten an jener Kirche, die direkt an das Haus von Jan Mistom angeschmiegt ist. Jan M. jedoch scheint sich in Luft aufgelöst zu haben, und nur seine bleiche Mitmieterin ist noch da.

In der Kirche wurden wir von einer mütterlichen Frau in Beschlag genommen, mit der man von der ersten Sekunde an befreundet war. Sie erzählte uns, daß ihr Sohn von zwei Jahren eine Japanerin geheiratet habe. Interessiert erkundigte ich mich, ob sie mit der Schwiegertochter aus einem so fernen Land wohl zufrieden sei?

„Soll ich ehrlich sein?" frug die freundliche Frau etwas scheu, denn sie ist´s nicht ganz, da ihr die Schwiegertochter zu förmlich und gefühlsneutral ist. Die liebe Frau hat sich immer eine Tochter ge-wünscht, und ist so herzlich und überschäumend. Doch die Schwiegertochter ist mit dererlei äußerst zurückhaltend.

Bald darauf begann das Konzert:

Swetlana, Wembo und Gina spielten das Beethoven Trio op. 1/3.

Der Wembo an der Geige stieg im dritten Satz einmal aus, so daß sich ein Loch im musikalischen Gewebe bildete, und im ersten Satz spielte er die verschmitzten und köstlich amüsanten Stellen ganz gewöhnlich – solcherart wie jemand, der einen Witz überhaupt nicht verstanden hat, und eine ganz ernste Miene dazu schneidet.

In der Brahms Sonate stieg der Wembo leider zweimal aufs Peinlichste aus, und ich mußte zu meiner Bestürzung gestehen, daß mir das Konzert zu lang und hinzu ein wenig ermüdend war.

Nach der Brahms-Sonate gab´s erstmal eine Verschnaufspause von der Kultur, und ein warmherziges niederländisches Ehepaar nahm mich in Beschlag, und lud mich zum Tee in den Lokalgarten ein.

Nach der Pause spielte das Jade-Quartett mit der Swetlana *unser* Dvorak-Quintett.

Ich fand, daß die Han-Lin eine tolle Haltung hatte, und auch sehr gut spielte.

Von der Ferne schaute die Umblätterin aus wie die zweite Geigerin Lisa (eine Koreanerin) in vierzig Jahren.

Später erfuhr ich dann, daß es sich um Lisas Schwester Angela gehandelt hat.

Nach dem Konzert erlebten wir eine Überraschung:

Es gab nämlich tatsächlich ein „Lecker-Abendessen", und zwar in einem abgedunkelten Raum mit Backsteinwänden und Kerzen auf den Rundtischen. Ein Büffée, wie man entzückt konstatieren durfte.

Geschmeckt hat's jedoch leider nur mäßig.

Später versuchte ich die Zeit zu nutzen, und dichtete in der Sonne auf einer Holzbank, während im Künstlerzimmer eifrig geschnattert und zusammengepackt wurde.

Ein kleines Kätzlein trat auf mich zu, und versuchte so nett Freundschaft zu schließen.

Buz hatte sein Auto bis in den letzten Winkel mit Köffern von Asiaten vollgepackt.

Einige der jungen Leute stiegen in mein Auto, und Rehlein hatte große Angst, das schnatternde junge Gemüse käme vorerst zu uns, denn man wußte nicht so recht, wohin damit?

Umso schöner, daß Buz mit der anderen Staffel der Asiatinnen bereits in Abfahrpose dastand, und ich ihm nur zu folgen brauchte. Wir fuhren in den Erlenweg, doch einmal verfuhr sich Buz.

Das ganze Jadequartett und Lisas Schwester ist bei dem pensionierten Bäckerehepaar Hippen untergebracht.

„Jutta!" stellte sich Frau Hippen gleich so nett den jungen Leuten vor, dieweil´s ihr auf den familiären Ton ankommt.

Der Weg über die Treppe zu den Wohnräumen erinnerte mich so an meine Pension in Süpplingen, so daß ich davon gleich an den Pfarrer Severling denken mußte.

„Lieber Herr Severling! Ich habe heute schon an Sie gedacht!" könnte man nun einen Brief einfädeln. „Sicherlich interessiert es sie brennend, was ich gedacht habe!?"

Oben war´s kitschig und gemütlich in einem, und den Herrn Hippen fand ich so nett.

In einem Zimmer war bereits jetzt so liebevoll der Frühstückstisch gedeckt.

Eines der Zimmer war für ein Pärchen gedacht: Hanlin und Wembo. Für Wembo und Hanlin stehen die Sterne somit günstig, und für die drei anderen womöglich weniger, dieweil sie im Dreibettzimmer nächtigen müssen. Doch eine Schülerlandheimsgemütlichkeit herrschte allemal.

Auf einem alten Hochzeitsfoto an der Wand sieht man sogar den Opa in Hakenkreuzuniform.

Die Hippens haben einen jungen neugierigen Hund: Die 14 Monate alte Emma. Ein anderer Hund wiederum ist aus Porzellan: Eine Dogge.

Die Emma beschnupperte Buzens Beinkleider.

Draußen herrschte ein unglaublicher Wind, der alsbald in ein Gewitter hineinmündete.

Am Abend sagte der süße Buz so goldig über seine gelbe Schülerschar: „Hab ich richtig noch ein

bißchen Spaß auf meine alten Tage!" oder sagte er
gar: „auf meine letzten Jahre?"

Montag, 21. Juli

Hochsommerlich warm

Ming & Julchen genießen derzeit in der Schillerstraße sturmfreie Bude, denn Julchens Eltern sind in
die Vakanz gereist.

Ich setzte mich zu meinen Eltern an den
Frühstückstisch.

Rehlein erzählte sehr lebendig von der Swetlana,
die sich beim gestrigen Leckerabendessen an Rehlein
rangehängt und selbiges in ihrem leider rudimentär
gebliebenen deutsch intensivst beplaudert hatte.

„Ich habe zwar nicht alles verstanden, aber ich
glaube, sie findet sich irrsinnig gut!" spöttelte
Rehlein. Etwas, das Buz & ich kaum glauben moch-
ten, da wir die Swetlana als bescheidenes, zurück-
haltendes Frauenzimmer kennengelernt haben. Doch
Rehlein erzählte weiter: „Ein Friseur hat seinen
Urlaub vorzeitig abgebrochen, um die Swetlana zu
hören! Und dann kniete er ihr gar zu Füßen!" Wenn
die Swetlana nicht schon verheiratet wäre! Denn ein
Friseur als Ehemann wäre gewiss nicht ohne Reiz.

Ich erzählte von meiner Mitbewohnerin Moushira
im Studentenheim Wien: Eine sehr freundliche

Dame aus Kairo – etwa zehn Jahre älter als ich, die mit ihren Studien bei Alexander Jenner auf halber Höhe steckengeblieben war, und auf der Tastatur nicht so recht vorankam. Sie nahm sich immer vor, viel zu üben – schaffte es jedoch nie, weil ihr immer etwas dazwischen kam, und dabei hatte sie ein wichtiges Konzert in Kairo: Chopins zweites Klavierkonzert. Doch auf der Aufnahme war leider fast jeder Ton ein wenig falsch.

Buz erzählte, daß dies für den Herwig wohl der letzte „Musikalische Sommer" sei, weil er Buz wegen der Gage so grantig durch den Hörer angeblafft habe. „Dafür könnt ich auch 50 km weit entfernt auftreten!" Ming war ganz bestürzt, und versicherte über und über, daß der Herwig noch nie ein Geschiss wegen des Geldes gemacht habe.

Ming & ich probten:
Lachend sagte Ming, daß wir wirklich nicht zusammenpassen würden. Jetzt habe *er* sich vorgenommen, bei den Proben nicht mehr so viel zu reden, während ich aus zweierlei Gründen drauf gekommen war, zur Abwechslung mal in einen Probenrausch zu verfallen: a) weil Gidon Kremer in seinem Buch so entwaffnend geschrieben hat: „Beim Proben gingen wir sehr ins Detail! Ein Grund, warum vielen Hörern unser Spiel so konzentriert schien, und b) weil ich gestern im Konzert jede Unebenheit und jede unkünstlerische Pauschalität sofort bemerkt habe.

Ich flanierte mit Rehlein durch den sommerlichen Zauber der Stadt. Auf dem Marktplatz hätte man eventuell Buz inmitten seiner Spezis beobachten können, doch stattdessen saßen Ming und Julia in der Sonne bei einem Milchkaffee. In einer Kinderkarre saß ein süßes kleines Kind. Schelmisch klebten wir ihm ein Preisschild auf die Nase, und das Kind gab sich interessiert und überrascht, da es Scherze dieser Art noch gar nicht gekannt hat. Zum Schluß sagte es so nett „Tschüss!" zu uns.

Ich erzählte Rehlein, daß fast alle Leute auf der Welt das „tschüss" zärtlich wellen, so daß es so klingt: „Tschühüs!" und bloß wenn es Herr Heike sagt, so klingt es zischend und knapp, und hinzu barsch wie ein Stempel.

An Herrn Heikes heutigen 70. Geburtstag dachten wir natürlich auch. Mehr noch: Wir dachten uns Dinge aus, wo man aufpassen mußte, daß sich die Augen nicht mit Tränen füllen: Wie nämlich *niemand an Herrn Heike gedacht hat, und er somit abends einsam beim Griechen feiern muß. Zunächst lässt er sich ein Piccolöchen bringen, um seinem Spiegelbild im Fenster zuzuprosten, und der aufmerksame Kellner frägt ihn, ob vielleicht etwas Besonderes ist? Einen kurzen Moment lang überlegt Herr Heike, ob er dem jungen Mann wohl anvertrauen soll, daß er heute seinen 70. Geburtstag feiert? Doch dann lässt er es bleiben, und sagt nur: „Nichts besonderes!"*

Sowohl Herrn Heikes Tochter, als auch seine Schwester haben dem Jubilator den „Häppy börsdäi-Song" auf die Mailbox draufgesungen, doch damit hatte es sich auch, und sonst hat niemand daran gedacht.

Am Abend kam der Klavierstimmer Herr van A. zu Besuch, und wir erfuhren, daß seine Frau vor einem Monat starb! Morgen findet die Seebestattung in Wilhelmshaven statt, und sogar den Sohn – zirka 26 Jahre alt – lernten wir kennen. Die Herren logieren im „Twardokus".

Gemeinsam mit meinen Eltern ließ ich den Tag bei einem Glas Wein gemütlich ausklingen. Dazu schauten wir uns sehr interessiert die Lindenstraße an. Hernach sprachen wir Herrn Heike warme und feierliche Glückwünsche auf seine Mailbox.

Dienstag, 22. Juli

Sommerlich.
Allerdings oftmals Kummulusbewölkung.
Abends ganz wunderschön

Heute weiß ich gar nicht, was ich geträumt habe, weil ich innerlich total neutral gestimmt war, und mich einfach nur strickt erhob und losübte.
„Wir sind hier um Musiiik zu machen!" sagte ich auf Art einer völlig vertrockneten alten Klavierlehrerin, bzw. auf eine an Evelyn Haman erinnernde Weise.
Buz war schon um kurz nach sechs in den Wald gefahren um zu joggen, dieweil Buz seit einiger Zeit ganz und gar auf der sportlichen Welle schwimmt.

Abends steigt er weit nach Mitternacht ins Bett, und morgens ist er der Erste, der sich erhebt. Tagsüber ist er meist aushäusig, und sein Treiben entzieht sich weitestgehend unserer Kenntnis.

Nur beim Frühstück kann man eine Weile an ihm herumgenießen.

„Hast Du ein Geldstück?" frug er Rehlein nach Art eines verschämten 15-jährigen, da er sich vorgenommen hatte, zu Mittag mit seinen Spezis in die Markthalle zu gehen.

Ein Überbleibsl von Omis Erziehung:

Als Bursche hat Buz kein Taschengeld bekommen, und wenn er etwas haben wollte, so mußte er immer seine Mutti bitten. („Ach Unsinn! Zu was brauchst du denn Geld, Junge?") Doch wenn Buz ganz lieb und artig war, konnte ihm die Mutti nichts abschlagen, und er bekam seinen Groschen.

Als Rehlein anklingen ließ, daß sie heut zu kochen gedächte, ließ Buz wiederum anklingen, daß dies planungstechnisch für ihn äußerst schwierig und ungeschickt sei.

Auf Anwaltsart hielt ich ein Plädoyer für Buz, indem ich klar und deutlich, frei von wertendem Beiklange sagte, daß Buz mittags lieber mit seinen Spezerln zusammen sitzt. Ich sagte es warm und gutmütig wie eine Mutti oder große Schwester, die einfach nur möchte, daß der gute Junge fröhlich ist, und artgerecht gehalten wird.

Als Buz weg war, schauten Rehlein und ich die Familientragödie „Die Rache von Uelzen" an:

Eine ganz normale, direkt klerikal anzusehende 36-jährige Dame namens Monika hatte ihren brutalen Lebensgefährten Detlev mit 51 Messerstichen niedergemetzelt, und dann mithilfe ihrer Tochter nachts bei Mondschein im Wald vergraben.

Niemand vermisste ihn. Doch nach einem halben Jahr sollte ihm ein Strafbefehl wegen Fahrens ohne Führerschein überbracht werden…etwas, das wir dann erst später beim Abendessen erfuhren, denn zunächst galt es, den Tag gescheit in die Hand zu nehmen.

Einmal rief Herr Heike an, um sich für die Glückwünsche zu bedanken. Ich gab mir große Mühe, dem alten Mann durch den Telefonduschkopf etwas menschliche Wärme zu schenken.

Gestern vor einem Jahr hatte ich die Chance zu einer guten Tat vertan: Unsere Zugabe im Konzert mit folgenden Worten anzusagen: „Wir spielen für einen lieben Freund, der heute seinen 69. Geburtstag feiert, und unter uns sitzt!"

Nun aber entnahm man der eher grämlichen Art von Herrn Heike, daß er heuer, und vielleicht auch in Zukunft, unseren Sommer nicht mehr besuchen wird.

„Wer soll mich alten Mann dort groß vermissen?" mag er gedacht, und sich die Antwort gleich selber gegeben haben: „Niemand!"

Auf müde und schwerfällige Art sprach Herr Heike über seine Pläne, und die Abschiedsworte „Machs gut!" und „Tschüss!" klangen fast schroff.

Im Mittagsmagazin kam ein Report über ein Frauengefängnis in Rumänien.

Eine inhaftierte Frau, die ihren Mann ermordet hat, bekam Besuch von der Familie: Den Eltern und ihren drei Söhnen, und es sah aus, als hätte einer der Söhne seinen Geigenkasten dabei, weil er seiner Mutti vielleicht vorführen wollte, was er in der Zwischenzeit gelernt hat?

Am Nachmittag brachte ich zwei Briefe auf die Post, die beide ins Vogtland geschickt würden: An Herrn Wemberger und Herrn Groschwitz.

Ich radelte am Kiosk vorbei, und die BILD-Überschrift heut lautete:

So starb seine Liebe

dieweil das Eheglück von Berti Vogts nach 24 Jahren zerbrochen ist.

Hernach radelte ich in schönstem Nachmittags-sonnenschein zur Musikschule, wo in einem geräumigen und sonnenerhellten Raum das Streichquartett op. 18/4 von Beethoven geprobt wurde.

Es war soweit ganz nett, allerdings hat der Wembo die Neigung, das Heft etwas belehrend, und gleichzeitig in einer für sein Alter unpassenden kompromisslosen Geschmackssicherheit in die Hand zu nehmen, so daß man als Älterer eigentlich leicht konsterniert hätte werden müssen.

Buzens Spezi Peter B. wurde am Abend ins städtische Spital eingeliefert, dieweil er einen Allergieschock erlitten hat.

Buz war am Boden zerstört, und als das Telefon aufschrillte, dachten wir alle, dies sei das Krankenhaus, das uns darüber in Kenntnis setzen wolle, daß der Herr Barcaba in diesen Minuten verstorben sei.

Doch es war jemand anderes, und schon am selben Abend wurde der Totgesagte wieder aus dem Gesundheitsknast entlassen.

In gewisser Weise ist's jetzt so, wie ich mir das erträumt habe: Ming ist *nicht* nach Amerika ausgewandert, sondern nur zwei Straßen weiter.

Oben in Rehleins Zimmer trank Buz noch ein Bier mit uns Damen.

Ein junges Mädchen hatte Rehlein ihre Memorien zum Lesen gegeben. Der dicke Ordner lag auf Rehleins Bett, doch Rehlein gefiel diese Lektüre nicht. Interessiert nahm ich den Ordner zur Hand und blätterte darin herum.

„Du mieses kleines Kommunistenschwein!" **dachte ich** ← stand da häßlich zu lesen, und an anderer Stelle schrieb die Verfasserin: **„Grrrrrr!"** (nach etwas Empörendem). (Blöd)

„Wie wird die erst mit 70, wenn sie jetzt schon so auf der Empörungsschiene ist?" frug ich uns bang.

Mittwoch, 23. Juli

Wunderschön

Zum Frühstück schauten Rehlein und ich einen fesselnden Film: „Die giftigsten Tiere der Welt", und man glaubt´s kaum, *wie* packend dieser Film war.

Wir erfuhren, daß die Traumstrände in Australien für viele von uns auch zu Alptraumstränden mutieren könnten, da ausgerechnet dort die giftigsten Tiere der Welt leben.

Das allergiftigste Tier sieht aus wie ein Gespenst. Es handelt sich um eine geheimnisvolle Qualle, die zirka sechzig hochgiftige Tentakel hinter sich herzieht.

Per Animation wurde uns Zuschauern vorgeführt, was passiert, wenn man mit der Fäden in Berührung kommt: Kleine Zapfen werden regelrecht in die Haut geschossen, und entfalten dort in rasender Eile ein Knospengebräu, so daß man vor Schmerz ohnmächtig wird. Doch das ist nur Teil I des Grauens.

Teil II: Die ausgefahrenen Giftknospen entfalten ein Giftcocktail ohnegleichen…

Mitten in mein Üben hinein platzte die Botschaft, daß das geplante Benefizkonzert mit Kantor Schmid ausfallen würde.

Wie zum Hohne fuhr der Kantor wie jedes Jahr genau an unserem Eröffnungskonzert in den Urlaub.

Einmal huschte Buz durchs Zimmer, und Ming sagte: „Was ist der Unterschied zwischen jenem Herrn in dem einen Film (ein Herr der mit der Schwiegertochter in die Kiste hupfte), der seiner Frau unpersönlich ein „´n Abend" entgegen-brummte, und unserem Papa? Daß er seiner Frau nicht einmal ein „´n Abend" zubrummt.

Und Rehlein in der Küche hatte doch zumindest gehofft, von ihrem Gatten wenigstens begrüßt zu werden.

„Wir haben doch auch noch keinen Abend!" bemerkte Buz nett und verschämt.

Ich erzählte, daß der Onkel Hambum mit dem Charakter seiner drei Kinder nicht zufrieden sei, und so warf ich die Vermutung auf, daß es Buzen mit uns vielleicht ebenso ergeht?

„Er hätte so gerne eine Tochter mit der Figur von der Britta, oder Hildes langen Beinen!" spöttelte Rehlein gutmütig, und leicht peinlich war, daß die Britta soeben zu Besuch kam, und Rehleins Worte vermutlich gehört hat?

Doch noch peinlicher wäre eine andere Geschichte gewesen, die auch beinahe passiert wäre, und die ich jetzt erheitert wiedergab: Wie ich unlängst bereits im Treppenhaus voller Schwung damit anheben wollte, Ming eine frisch erfundene Herwiggeschichte zu erzählen, - doch in letzter Sekunde hielt ich erschrocken inne, da Herwigs Cellolkasten im Flur stand, und der Herwig bei geöffneter Türe in der Stube saß...

Am Nachmittag trat der Herwig ins Büro, als soeben auf dem Computerbildschirm meine Professurbewerbung für Hamburg flimmerte.

Einem Ort, wohin es auch den Herwig mit seinen diffusen Sehnsüchten nach würziger Meeresluft und Möwengekreische zieht.

Die Britta erzählte vom Schwetzinger Kammerorchester, wo sie gelegentlich aushilft. Der Dirigent ist ein hochsensibler Russe, der immer leicht beleidigt wirkt, so daß man in seiner Aura von unbestimmten Schuldgefühlen geflutet wird.

Ständig bringt er neue Interpretationsvorschläge ein, und man gibt sich die allergrößte Mühe, sie umzusetzen. Doch all das Bemühen scheint nichts zu nützen: Er schlägt zutiefst enttäuscht ab, und macht Bemerkungen dererart, daß es den heutigen Musikern offenbar nicht mehr wichtig ist, das Besondere in der Musik herauszuarbeiten. Die heutigen Musiker wollen immer nur alles schnell hinabspielen und abkassieren, so sagt er.

Im „Buch Lübben" kaufte ich mir schon wieder ein Buch von Hans Girod (Blutspuren. Spektakuläre Kriminalfälle aus der DDR), so daß die Truhe neben meinem Bett nach meinem Ableben für noch größeres Befremden sorgen wird.

Die Maria erzählte mir, daß heut in der Ostfriesenzeitung ein Gedicht zu einem 25. Geburtstag erschienen sei: Verfasst in Friesenlogik:

„Vor 24 Jahren und drei Monaten haben sich zwei unheimlich gern gehabt...." hatte jemand gedichtet, und dann mußte schnell ein Wort gefunden werden, das sich auf „habt" reimte. Das hatte die Maria allerdings vergessen.

Auf rührende Weise um absolute Pünktlichkeit bestrebt, radelte ich auf dem sonnenbeschienenen Musikschulhof ein. Britta und Buz standen vor dem Portal, und Buz meinte, daß ich gar nicht erst absteigen müsse. Dadurch, daß ich ja nie den Hörer abhebe, war es nicht möglich gewesen, mich darüber in Kenntnis zu setzen, daß die Probe ausfalle.

Doch dann konnte ich Buz in forschem Schwunge dazu weichklopfen, daß *wir zwei* das Quartett wenigstens gescheit proben.

Wir spielten in Buzens Unterrichtszimmer, doch die Musizierfreude wurde von einer Ärgerlichkeit getrübt: Die Britta hatte den Musikschulschlüssel verschlampt.

Eine vage Hoffnung hatte man noch: Buz hatte der Britta den Schlüssel anvertraut, und die Britta hatte ihn dem Wembo ausgeborgt, der ihn eventuell noch bei sich trug.

Der Wembo jedoch hält sich für einen berufenen Musikus, der Wichtigeres im Kopf hat. Mehr noch: Musik und Frauen füllen sein Denken weitestgehend aus, so daß für einen kleinen Schlüssel kein Platz mehr darin scheint.

Schon den ersten Ton bekrittelte Buz: Daß er ihm zu mau klänge. Buz redete intensiv und multipel variierend, wie ein in Eifer geratener Professor, und ich versuchte mich Buzens guten Lehren freudig zu öffnen.

Nebenan übte die Gloria Vivaldis Winter.

Abends schauten Rehlein und ich den Film über die giftigsten Tiere der Welt zuende. Ein JESUS-artiger Herr mit langem Haar, und in JESUS-Latschen steckend, wurde von einer Giftqualle gebissen, und rang mit dem Tode.

Um zirka halb elf kehrte Buz von einem Abendessen bei Hippens heim.

Der hochmotivierte Buz wollte noch eine halbe Stunde lang üben, doch Rehlein argumentierte dagegen. Er bräuche doch seinen Schlaf!

„Dann einigt Euch auf zwanzig Minuten!" rief ich.

„21!" schlug Buz noch heraus. „Ja, dann looos! Aber zackig!" rief Rehlein dem Eifrigen gutmütig wie eine Mutti hinterher.

Donnerstag, 24. Juli

Verquollen. Grünlich. Regen.
Abends oftmals Nebeldunst

Um Siebene hörte man mich bereits an einem Haydn Duo üben.

„Das muß dem Papa doch gefallen!" dachte ich beim Spiel, doch während ich es noch dachte, sah ich den ewig Umtriebigen bereits auf sein Auto zuschreiten. Buz fuhr zum Joggen in den Egelser Forst, blieb mehr als eine Stunde lang aushäusig, und als er wiederkehrte, stak ich als Übende soeben im „Sommer" von Vivaldi.

Buz wollte, daß der „Kuckuck" markanter herausgemeißelt würde, doch macht man's, so sagt Buz nie, ob's ihm nunmehr tauge?

Als Buz wenig später zu seinen pädagogischen Minnediensten aufbrach, stürmte Ming in die Wohnung, um die Lücke auszufüllen, die Buz hinterlassen hatte.

„Na, kommst du auch noch mal?" frug Rehlein, zwar neckisch getönt, so doch mit „wissendem Unterton". Ming lachte aber nur gutmütig und küsste Rehlein auf ihren süßen Kopf.

Am Vormittag loste ich aus, Briefe zu schreiben, und saß hierzu in Mings verwaistem Kabüff.

Ich feilte an Briefen für die Zieglers, die Erlemanns und Frau Max, ohne dabei wirklich in Schreibschwung zu geraten.

„Wie man hört, seid Ihr bereits in den Urlaub entwichen!"

Ich bekam plötzlich Angst, der alberne Stil der jungen Tagebuchschreiberin aus Usedom könne auf mich abgefärbt haben.

(„Grrrr!" und „Schnurrrr!")

Durch sein Liebesglück wirkt Ming derzeit sehr ausgeglichen und zufrieden. Doch als gereifter Mensch ist Ming sicherlich bestrebt, den Fehler vieler Verliebter zu vermeiden: Die Anderen, insbesondere die engsten Verwandten, gar nicht mehr wahrzunehmen, und so erkundigte sich Ming nett nach einigen Aspekten meines gegenwärtigen Daseins. Zum Beispiel meiner Arbeit mit dem Jade-Quartett.

„Der Wembo ist sehr belehrend! So wie du", breitete ich für Mings Ohren spannende Interna aus, und machte vor, wie der Wembo sogar belehrend und hinzu ohne Verlegenheitsworthülsen in Buzens Interpretationen eingreift.

Etwas, das er sich wohl kaum erlaubt hätte, wenn er in Taiwan aufgewachsen wäre, wo Benehmenskunde groß geschrieben, und höchster Respekt vor dem Alter gelehrt wird.

In Jiamusi an der russischen Grenze jedoch gilt der Lebensgrundsatz: „Fressen oder gefressen werden".

Wir hatten eine leicht zweifelhafte Ansage auf dem Anrufbeantworter hinterlassen, doch Buz fand sie sehr lustig. Es handelte sich nämlich um eine Ansage auf grämlichstem Wienerisch: Aufkochend grantlerisch sagte ich: „Es schääint Menschen zu geben, die unfähig saan zu begrääifen…" und Rehlein im Hintergrund sagte: „Reg Dich nicht auf! Denk an Dein Herz!"

Ming erzählte, daß der Herwig das Julchen beim gestrigen gemeinsamen Hebengehen völlig aus den Gesprächen herausgefiltert habe.

Zu unserem köstlichen Mittagessen zeigte sich auch Buz. Noch immer lief der spannende Film über die Meeresungeheuer, und ich war so froh, daß Buz Gefallen an diesem Meeresthriller zu finden schien.

Ein Herr wurde von einem daumenkleinen blauen Oktopus gebissen, und verfiel hernach bei vollem Bewußtsein in eine leichenhafte Starre.

Die Würfelqualle würde sich sogar als Mordinstrument eignen: Man braucht nur eine einzufangen, und im Schwimmbad zu versenken.

Kurz bevor wir mit dem Julchen zum Celloabend von Ming & Herwig in die Niederlande aufbrechen wollten, rief das Beätchen aus Übersee an, und das zwitschrige Stimmchen barg womöglich das Vorhaben, eine abendfüllende Plauderei zu führen.

So plauderte ich trotz der Zeitknappheit mit dem Beätchen darüber, daß sie jetzt sicher dächte, dies sei eine billige Ausrede.

Zum Schluß, als ich auflegen wollte, sagte das Beätchen zwiefach so köstlich: „Du Unhöfliche! Du Unhöfliche!"

Wir fuhren ab, und ich überließ dem Julchen das Steuer.

Julchen und Rehlein saßen vorn, und ich schaute auf Julchens jugendlichen Nacken, der mit einem Goldkettchen verziert war.

Hie und da bog Rehlein den Kopf nach mir und schaute besorgt auf mich drauf, da ich schon so viele Runzeln auf der Stirn hätte, die Rehlein schmerzhaft ins Auge sprangen.

Unterwegs erfuhren wir von Buzen am Händi, daß das Konzert mit dem „Lecker-Abendessen" bereits um 18:15 anhöbe, so daß wir hoffnungslos zu spät waren.

Endlich fuhren wir in „Hortus" ein – einem stillen Ort hinter der niederländischen Ortschaft „Haren". Dadurch, daß der Parkplatz nur spärlich beparkt war, mußte man davon ausgehen, daß sich nur wenige kultürliche Besucher herbemüht hatten.

Es nieselte leicht, und meine neuen Sandalen hupften immer wieder auf, und waren darüber hinaus auch nicht eben ein Hort der Bequemlichkeit, denn meine eine Ferse war an einer Stelle bereits ein wenig abgeschabt.

Eine Drehtüre, die wir passieren sollten, funktionierte nicht. Sie klemmte. Doch dahinter sah man Ming und Herwig, je im Fracke steckend.

Mit etwas Mühe fand sich ein anderer Eingang.

So eben hatte die Pause begonnen.

Rehleins Enttäuschung, daß dieses Konzert wohl wieder ein Reinfall würde, war geradezu körperlich zu spüren. Von meiner Furcht vor Herwigs Granteleien gar nicht zu reden.

Sauertöpfisch stand er im Flur und beachtete mich nicht weiter.

Dann erfuhren wir jedoch, daß es sich um ein Konzert im China-Lokal mit dreißig Sitzplätzen handelte, und somit waren genau dreißig Hörfreudige erschienen, da der Rest wieder hinweggewimmelt werden mußte.

Das China-Lokal steht in einem gepflegten chinesischen Gärtchen.

Das Julchen küsste Ming besitzergreifend – fast solcherart wie eine Sekretärin ihren Chef, und wie es öfters scheint bei jungen Dingern, wirkte der Kuß eher wie ein Stempel, der besagen solle: „Du bist mein!"

Am Büffée im zweiten Stock fühlte ich mich ganz verloren, weil ich keine Ahnung hatte, an wen ich mich wohl halten solle? Rehlein war bereits von jemandem in Beschlag genommen worden, und so war ich fast froh, daß der Auricher Homöopath Bernhard P. herumstand, mit dem man Plattitüden austauschen konnte.

Wir lauschten der zweiten Hälfte des Konzerts. in billigem pseudochinesischen Ambiente mit Porzellan oder Plastik-Drachen und Laternen, und hinter dem Mattglas der Fenster sah man den Tag ausdämmern.

Interessiert lenkte ich Blicke und Ohr auf den arbeitenden Herwig, der als Wiener in Holland ein Fremder ist.

Nach Beethovens genialer D-Dur Sonate standen die Leute alle auf. In allen übrigen Ländern dieser

Erde ein Zeichen geschlossener Ergriffenheit und höchsten Respekts für die Darbietung.

In Holland jedoch ein Zeichen dessen, daß nun aber mal genug sei, und man nach Hause wolle.

Die Botschaft kam aber beim Herwig nicht an, und so bot er eine üppige Zugabe - einen köstlichen Variationensatz Beethovens, wunderbar interpretiert.

Daheim war der süße Buz, der heut einen sturmfreien Abend genießen durfte noch wach, und schon im Auto hatte ich Rehlein spaßhaft bemutmaßt, wie es Buzen zu vorgerückter Stund´ Mühe machen würde, seine knackige Koreanerin wieder loszuwerden, der er doch nur ein paar Finessen in der Fingertechnik beibringen wollte. Doch jetzt schlingt sie ihre schlanken Arme um seinen Hals und sagt: „Kwatsche nicht. Küsse mich!"

Freitag, 25. Juli

Meist sonnig. Doch am Abend regnete es

Am Morgen stürmte das süßeste und frühlingshafte Rehlein mein Zimmer, um den Fotoapparat zu suchen: Ein süßes kleines Kind sei zu Besuch gekommen.

Dann brachte mir Rehlein mein Frühstück gar ans Bett: Eine dampfende Tasse Tee und zwei liebevoll geschmierte Brötchen, da es unten gar keine Sitzgelegenheit mehr gäbe!

Rehlein hatte mir Brötchen in drei Farben ge-
schmiert.

Buz hatte sich sehr nett herausgeputzt, da ein Pulk
vom NDR drei Takte seiner Franck-Sonate auf-
zeichnen wollte.

Rehlein fotografierte die Zimmer, die so unerhört
unordentlich geworden waren, und sprühte vor freu-
digem Eifer, gleich Ordnung zu schaffen, da Rehlein
bei Rumräumaktionen stets voll und ganz in ihrem
Element steckt.

„Du Wolf! Bei unseren Umzügen sah es jedesmal
so aus!" erzählte Rehlein plastisch, doch die Worte
erreichten Buz kaum, da er in großes und vorläufig
unabstreifbares Muffensausen gehüllt war.

„Laß mich mal bitte vorbei!" sagte Buz unpersönlich und unwirsch.

„Was bist du denn so schlecht gelaunt!" sagte ich.

„Ich bin nicht schlecht gelaunt!" sagte Buz
unpersönlich und indifferent und verschwand im
Bad.

Ich versuchte mich an jener Erfahrung - daß Glück
& Unglück so überraschend eng aneinanderkleben -
wieder empor zu hangeln, aber im Moment erschien
mir das Tor zum Glück fest verschlossen.

Wieder nahm ich „die Glücksformel" zur Hand,
und erheiterte mich an einer Passage: Wir alle haben
schon das Phänomen erlebt, daß sich ein schüch-
terner Gast nach zwei Glas Wein in einen spritzigen
Entertainer verwandelt."

Zwei sumokämpferartige Pianotransen hatten unseren Flügel abgeholt. Das Wohnzimmer sah somit licht und schön aus, so daß man sich mit einem Schlage an früher erinnert fühlte.

Ein bißchen war´s so, als wäre man verstorben, denn in *der* Sekunde, wo das Leben erlischt, erinnert man sich plötzlich daran, wie es war, als es einen noch nicht gab.

Wieder arbeitete ich fasziniert an meinem Routenplaner, indem ich beispielsweise die Eberhardstraße in Trossingen ganz groß und breit quer über den Bildschirm aufleuchten ließ, so daß sie ausschaute, wie ein Haar unter dem Mikroskop. Belustigt holte ich Ming herbei, um ihm den seltsamen Anblick vorzuführen.

Auch der Herwig war bei uns zu Besuch, und stand in einer Ausstrahlung wie sein eigener Cellokasten bei uns herum.

Man hat gehört, wie das zwitschrige Rehlein auf den Herwig einzwitscherte: Wie sie heut um vier Uhr erwacht sei, und gedacht habe: „Wo ist mein Beethoven?"

Doch der Herwig versteht mit Worten dieser Art emotional nicht umzugehen, und wüsste nicht, was auf dererlei zu erwidern sei.

Emsig übte ich. Ich heftete eine 15-Minuten Scheiblette auf die andere, und hoffte mich analog zum Anwachsen des kleinen Türmchens an Fleiß, besser zu fühlen.

Rehlein schuftete noch in der Küche, und statt helfend zur Seite zu springen, bebusselte ich erstmal Rehleins Armspeck. Dann fiel es mir aber auf, daß ich diesen Persönlichkeitsaspekt (sich durch Busseleien vor der Arbeit zu drücken) von Buz ererbt zu haben scheine, und diese Erkenntnis erheiterte mich.

„Daß sich so etwas Dummes vererbt!" rief ich aus, und fand's so lustig, daß die Vererbung auch vor dererlei nicht Halt macht.

Rehlein beharrte darauf, daß Buz und ich uns nach dem Mittagsessen hinlegen, und war so unglaublich aufmerksam.

Ich lümmelte mich somit fast eine Stunde lang auf meinem Diwan, und wurde meine Nervosität nicht los. Kurz vorm Einschlafen schien mir immer so, als würden unsichtbare Hände mich in die Realität zurückschubsen wollen.

Dann rief uns Rehlein so nett zum Kaffee herbei. Sogar Buzens Lieblingskekse standen auf dem Tisch, und das süßeste Rehlein hatte unsere Mittagsruhe wie eine Löwin verteidigt und alle Anrufer und Besucher verprellt und weggewimmelt.

Als Buzens Händi mal („mal" ist gut!) aufschrillte, zischte Rehlein in den Hörer: „Mein Mann muß schlafen!"

„Wer sind Sie?" habe eine asiatische Stimme unfreundlich und konsterniert gefragt.

„Die Frau von meinem Mann!"

Unfaßbar wäre es natürlich gewesen, die Stimme hätte gesagt: „Woruflamm ist verheiratet?" Batsch, aufgelegt!

Immer erhofft man sich ein gemütliches Kaffeestündchen mit Buzen, doch Buz lenkte bloß die Rede auf irgendwelche Noten für die Schüler und suchte hektisch, unfroh und vergebens daran herum.

Ming erzählte mir, daß Buz während der Aufnahme vom NDR im Bestreben ganz phantastisch zu spielen ein wenig verkrampft gewesen sei, und allenfalls 30% von seinem gestrigen bewegenden Spiel aufklingen lassen konnte.

Heut wurde in der Lambertikirche Premiere gefeiert. Das Eröffnungskonzert!

Vor dem Konzert tummelten wir uns auf lose Weise im Kinderzimmer des Gemeindehauses. Kleine Rittersportquadrätchen und Zwerg-Tobleronentafeln standen für uns Interpreten bereit.

Buz & Ming weihten das Festival mit der Franck-Sonate ein, und der süße Buz hatte so emsig geübt, daß er alles auswendig spielte.

Hernach gab es eine Uraufführung: Ein Streichquartett von Peter Barcaba, gespielt vom Jade-Quartett.

Nach der Pause spielten wir unser Beethoven Quartett op. 18/4. (Buz & ich, Wembo & Gina)

Im Publikum sah ich meine Freundin Thekla blitzen. Doch ich fand, sie sah so traurig aus, so daß ich direkt nach dem Konzert auf sie zueilte.

Draußen regnete es.

In der „Börse" stellte uns Buz jenen jungen Chinesen vor, der ihm so viel Freude bereitet: Einen 19-jährigen Jüngling mit üppigem lackschwarzen Haarwuchs. „Ni sh dschong guo rön ma?" frug ich. Bist du ein Chinese?

Die Chinesen reagieren immer ganz ungläubig, wenn jemand chinesisch spricht. Solcherart wie unsereins womöglich reagieren würde, wenn ein Vogel auf einem Ast plötzlich „Bist du ein Mensch?" zwitschern würde.

Rehlein sprach wie aus dem Chinesisch-Lehrbuch. Sie sagte: „Ur sh taaa dö mama!" Ich bin ihre Mama und „Ur sh taaa dö taitai!" Ich bin seine Frau Und der junge Chinese zog ein ungläubiges Gesicht dazu.

Samstag, 26. Juli

Eher düster und verquollen.
Mittags drohte gar ein Regenguss

Dadurch, daß Ming derzeit in der Schillerstraße residiert, hat er den Status eines normalen, ab-genabelten Sohnes angenommen, der im Elternhaus immer gern gesehen, den frischen Wind der großen weiten Welt in die Wohnung bringt.

Buz war am Morgen sehr gut gestimmt, und begrüßte mich mit warmen Küssen.

Aufgeregt warteten wir auf „Hallo Niedersachsen": Buzens großes Schweißvergießen vor der Aufnahme entpuppte sich im Nachhinein als „Lärm um nichts", denn kaum hatte er den Bogen angesetzt, da quasselte die Reporterin bereits mitten in sein Spiel hinein, so daß es selbst für Experten ein Ding der Unmöglichkeit wäre, Buzens Qualität als Geiger zu beurteilen.

Ein kleines Interview hatte Buz auch gegeben, doch man bekam nur einen banalen, aus dem Zusammenhang gerupften Satz zu hören, und schaute dazu auf Buzens rosigen Jugendfleck auf der Wange drauf.

„Sehr telegen!" befanden wir alle.

Dann sprachen wir über Stefan S. und die von ihm so heiß empfohlene Sängerin, die leider nur mittel gewesen sei. Lauter hohle, leise Töne, an deren Ende sie manchmal eine Vibratoschwingung setzte. Vom Stefan wiederum hieß es, er habe so behäbig und scharmfrei auf seiner Klampfe gezupft.

Dann entschwand Buz in den Tag hinaus, und Ming fingerte sich für die Probe mit dem Herwig warm.

Eine Gewohnheit, die ich aus frühen Kindertagen beibehalten habe: Neben dem klavierspielenden Ming auf und abzuhopsen, und ihn zu beplappern.

Mir fiel so viel Unsinn ein! Doch gutmütig hört sich Ming alles an.

Um zwölf Uhr radelte ich einfach ins Zentralcafé, und zeigte mich heute von einer etwas ungenügsamen Seite, indem ich einfach einen Rüdesheimer Kaffee (mit Sahne und Asbach-Uralt) bestellte. Dies tat ich so mehr oder minder aus jenem Grunde, weil ich die eine blonde Serviererin im Verdacht hatte, förmlich auf der Lauer zu liegen, ob ich wohl *schon wieder* das Gleiche bestelle?

Ich mußte an Herrn Heike denken.

Nach nunmehr zehn Jahren hat er den „Musikalischen Sommer" für sich gestrichen, da er vom bitteren Gefühl gepackt worden war, kein Mensch würde ihn dort vermissen.

Wenn er nach dem Besuch des „Musikalischen Sommers" nach Hause kehrte, so war er jedesmal einsamer als zuvor, und so sollte man ihm schreiben wie folgt: „Lieber Georg! Auf dem Spielfeld des diesjährigen Musikalischen Sommer fehlte etwas. Es fehlte eine Figur. Wir wußten zunächst nicht welche – doch dann fiel es uns ein: Es warst Du!"

Im *Stern* las ich über den Menschenfresser Armin Meiwes. Leicht despektierlich vom Stern, seinen vollen Namen zu veröffentlichen, denn es könnte ja sein, daß er bald wieder auf freiem Fuße ist.

Zusammen mit seiner Mutti, die im Jahre 1999 starb, bewohnte der Armin ein altes Fachwerkhaus mit 44 Zimmern. Die romantisch veranlagte Mutti gab jedem Zimmer einen Namen, der in Form eines

hübschen altmodischen Schildes an der Türe angebracht war. Nur Armins Zimmer hieß schlicht
„Kinderzimmer".

Am Nachmittag probte ich mit Britta & Christoph
ein Beethoven-Trio. Ich fand, wir spielten sehr gut
zusammen, doch Rehlein sagte hernach: „Das spielt
Ihr doch wohl hoffentlich noch etwas öfters durch?"
da Rehlein ihre Ohren nämlich auf „Herwig" ge-
schaltet hat. Und somit klang's für Rehleins Ohren
wie Kraut und Rüben durcheinander.
Einmal passierte mir etwas Peinliches: Mir war
heiß geworden und ich wollte mich rasch aus
meinem Pullover winden. Doch das Hemdchen
darunter pappte so fest am Pulli, daß es beim
Entblätterungsvorgang mit vom Körper gelöst
wurde, so daß dem aufmerksamen Christoph meine
von einem Tuchbüstenhalter nur provisorisch
verhüllten, und eher umschmeichelten Melonen-
brüste wohl kaum verborgen geblieben sein dürften?

Dann übte ich mit der Britta unser Haydn Duo
Nummero vier. Etwas untypisch für eine Geigerin
sagte ich: „Den ersten Satz kann ich schon ganz
toll!"

Abends fuhr ich mit Rehlein & Buz nach Bargebur
zum Konzert von Herwig & Ming.

Ich begrüßte meine alte Freundin Ilona, die sich
die Haare gelb gefärbt hatte. Die seltsam nuttige

neue Frisur scheint in Mode gekommen, da ich sie heut gleich dreimal sah: Lang, mit einem Ponybalken auf der Stirn, der wie ein goldenes Brett vor dem Kopfe wirkt.

In der Pause hielt ich mich ganz an meine Freundin Thekla, der ich die versprochenen Münzen für die Münzsammlung ihrer Kinder mitgebracht hatte. (Münzen aus Österreich). Die Münzen befanden sich jedoch in meinem kleinen Rucksäckchen, das ich wiederum im Künstlerkabüff abgelegt hatte, wo sich der Herwig - für die schüchternen Bewunderer nach Art eines satten Raubtiers im Käfig - bewegte, so daß man sich vielleicht nicht so gern in seine Nähe begibt? („Tu ihn nicht reizen!") Ganz bleich und aufgeregt - wünschend, sie wäre unsichtbar - huschte die Thekla an ihm vorbei.

Der Herwig beklagte sich bei Buzen, daß in der ersten Reihe jemand auf Kritikerart alles mitschreiben würde. Dies störe ihn entsetzlich.

Wunderschön die zweite Hälfte: Sonaten in A- und C-Dur, und die Zugabe sagte der Herwig gar mit charmanter Gestik an: „Beethoven, was sonst?" so, als habe er sich die Worte bereits zurechtgelegt, um in Ostfriesland ein wenig Wiener Nonchalance zu verbreiten.

Das Konzert hatte allen sehr gemundet bzw. natürlich geöhrlt, doch beim Gedanken an das morgige Konzert hatte Rehlein ein bißchen Bedenken, weil die Sängerin Silvia N., die hinzu in ihrem Kleid so unmöglich ausschaue, nur Mittelklasse sei, und Rehlein verspürte einen Riesenbammel davor, in der Pause vom höchst anspruchsvollen Publikum darauf angesprochen zu werden.

Daheim wartete ein lieber Gast aus Amerika auf uns: Die Sharon – sich anfühlend wie ein ganz liebes Au-pair-girl, das man gern ein ganzes Jahr um sich hat.

Sonntag, 27. Juli

Regnerisch verquollen.
Abends lichtete es sich z.T. auf,
obwohl immer noch grünlich graue Wolken
durch die Auflichtung schwebten

Mit Mühe entschälte ich mich dem Bettgehäuse in einen grauen, trüben Tag hinein.

Über unsere Frühstücksgäste lässt sich im übertragenen Sinne sagen: Der Eine ging, der Andere kam. Man hat nämlich von oben hören können, wie der fleiß´ge Buz das Haus verließ, und dadurch, daß sich Buz so munter und lebendig angehört hatte, blieb seine Aura noch eine Weile bei uns, während er selber vielleicht ganz geistesabwesend irgendwo hinfuhr?

Die Sharon schlief noch.

Rehlein hatte fantastisch geschlafen, und quoll fast über vor Energie und Tatendrang. Mehr noch:

Rehlein litt unter schier unerschöpflichem energetischen Tatendrang, der sich kaum abschütteln ließ.

Jetzt war Rehlein von ganz vielen Reuepunkten befallen worden, was sie gestern abend alles versäumt hat. Zum Beispiel der Sharon einen Zettel mit warmen Willkommensworten zu hinterlegen – bzw. Handtücher hervorzusuchen.

Schließlich kam unser weitgereister Gast mit einem Lächeln in einem verschlafenen Gesicht die Treppen herab, und setzte sich zu uns an den Tisch.

Rehlein beplauderte die Sharon damit, daß sie die ganze Zeit im Geiste bereits Dialoge mit ihr geführt habe, so daß sie ihr mittlerweile schon sehr vertraut sei.

Dann kam auch noch der Christoph zu Besuch, und Rehlein konnte kaum aufhören zu erzählen.

Rehlein erzählte beispielsweise, daß Herr Budde, ein Musikwissenschaftsprofessor angerufen, und sie sich so viel zu erzählen gehabt hätten.

„Aber du bist keine Buddhistin geworden?" scherzte der Christoph auf seine bezaubernde Art.

Bald darauf kam die Britta, um mit mir zu proben.

„Tempo, habt ihr?" Ich summte, rührte in der Luft und verhohnepipelte damit zum Gaudium von der Britta die Zunft der Interpreten, die immer meinen „das Heft in die Hand nehmen zu müssen", und einen durch ihre engagierte Unzufriedenheit schier erdrücken. Manche pflegen gar in stirnrunzlerischem Beiklang auszurufen: „Ist dies euer Ernst mit dem Tempo?"

Die Britta probt ja jetzt immer mit mir, und vergisst darüber ganz, wie es mit normalen Interpreten so hergeht. („Auf diesem Stuhl kann ich unmöglich sitzen!" geben sie sich beispielsweise höchst etepetetsam.)

Der Christoph hatte „einen Hauch Verspätung" angekündigt, so daß unser Spiel zunächst ein wenig aper klang. Hinzu hatten sich meine Ohren dank Rehleins kritischer Worte auf „Prof. Kebap" gestellt, was ja bedeutet, daß jede kleine Unebenheit unschön darin kleben bleibt.

So spielten wir erstmal unser Haydn Duo, und ich fand, daß die Wehmut, die diesem Werke innewohnte, so unglaublich gut zur Geltung kam.

Nach einer Weile saß der fröhliche Christoph dann bei uns, und wir spielten drauf los.

Ich frug mich, warum trotz der großen globalen Verehrung für Beethoven wohl niemand seinen Sohn Ludwig nennt? Vielleicht aus jenem Grunde, weil die Eltern fürchten, ihr Sohn würde ein Leben lang mit Beethoven verglichen und dabei vielleicht den Kürzeren ziehen? Dann nennen sie ihn doch lieber Herwig?

Das Wetter war – pünktlich zum Festival, wie böse Zungen jetzt ausrufen könnten – leider ganz häßlich geworden.

Nebenan übte die fleißige Sharon Terzengebilde.

Rehlein erzählte Ming und mir, daß Ulf Hölscher, ein Kommilitone, der es zu Ruhm & Ehren gebracht, früher immer das ganze Skalensystem durchgearbeitet hat. Dies dauerte pro Tag etwa 70 Minuten lang.

Als die Sharon sich warm gespielt hatte, spielte sie mit Ming die Strauß-Sonate, und wir schauten durch die Glastüre auf dies´ sonderbare Duo drauf.

Am Nachmittag kam uns der Klarinettenbläser Dodik besuchen, und interessiert frug ich ihn aus, ob sein Vater wohl kritische Anmerkungen zu machen pflege, wenn er übe?

„Hast du dir überlegt, ob dieses interpretatorische Detail wirklich Teil des Ganzen ist? Oder ob es sich bloß um eine „Grille" eines unausgereiften jungen Menschen handelt?"

Doch der Vater tut es nie.

Dann frug ich den Dodik noch, ob er es gern habe, wenn jemand kritisch in sein Klarinettengebläse eingreife? Doch der Dodik mag es nicht.

Der Dodik unterhielt sich sehr angeregt mit der Sharon, und da sich die Plaudereien auf englisch abspielten, verstand ich nicht alles, und machte bloß immer nett „Höhö!" zu den Wortgesängen.

Doch niemand beachtete mich mehr groß.

Gemeinsam mit Ming übte man nun Bartoks „Kontraste", und mir war´s leicht peinlich, von oben her eine unpassende klangliche Sahnehaube in Form meines Violinspiels drüberzugießen. Doch ich sagte mir: „Gerade eben war ich wie weggefiltert, doch jetzt, wo ich störe, bemerkt man mich vielleicht?" (Logik eines gestörten Kindes)

Das Knarzen der Haustür meldete einen Besucher. Buz selber war´s, und von oben hörte man ihn launig sagen: „Wer lärmt in meinem Hause?"

Abends rief ich Herrn Schöffel an, einen Verehrer, dem ich Dank für seine Briefe schuldete. Herr Schöffel erwies sich als hartnäckig philosophischer Denker, und ich wußte gar nicht recht, was ich zu all seinen tiefschürfenden Gedanken sagen sollte?

Abends kehrten Buz & Rehlein von einem Konzert zurück, und mit ihnen quoll ein Rattenschwanz an Bewunderern in unser Heim. Unter anderem Han-Lins Eltern, die aus Taiwan angereist waren, um das Fräulein Tochter zu bestaunen.

Han-Lins Mutti ist sehr lustig und lebhaft. Eine taiwanesische Variation von unserem Rehlein, die etwa so gut deutsch spricht, wie Rehlein chinesisch, dieweil die Familie durch großen Zufall genau in jenen Jahren, als wir in Taiwan lebten in Bonn wohnte.

Rehlein erzählte, daß sie ihren zwölfjährigen Schüler gefragt habe, wie es seiner kleinen Schwester gehe, und der kleine Mark antwortete mit ähnlichen Worten, in denen Herr Heike einst das Wohlergehen seiner Schwiegermutter geschildert hat.

„Ihr geht´s sehr gut. Sie ist nämlich gestorben!"

Eines Morgens klagte die frisch eingeschulte kleine Schwester über Kopfschmerzen, wurde ohnmächtig und verstarb noch auf dem Weg ins Krankenhaus.

Montag, 28. Juli

Hie und da düstere Regenwolken.
Abends Aufklarung

Beim Frühstück sah sich Buz als geistiger Vater des Musikalischen Sommers einem erbarmungslosen Kritikhagel als Politiker ausgesetzt. Der süße Buz hatte gemeint, mit der Einladung von Stefan S. als Rektor der Musikhochschule in B. einen raffinierten Schachzug getätigt zu haben, doch der weise Ming prophezeite, daß der Stefan, der gestern so ausstrahlungsfrei vor sich hingezupft, und zudem zwischen den Sätzen immer so lange gestimmt hatte, nie und nimmer helfen wird, da es sich um einen Klaus H.* des Gitarrenwesens handele.

*Mings Klavierprofessor in Berlin. Einem Herrn, wo man sehr lange warten darf, bis er einem hilft. Nämlich genau bis zum St. Nimmerleinstag. Nicht kürzer und nicht länger

Nachtrag 2022: Und genau so kam´s!

Wenigstens habe das Jade-Quartett mit seiner brillianten und begeisternden Darbietung zum Schluß den Karren noch aus dem Dreck gezogen. Durch diese schönen Worte konnte Buz die Schmach, als Programmplaner in der ersten Hälfte versagt zu haben, wahrscheinlich etwas besser wegstecken.

Ein noch raffinierterer Schachzug Buzens wäre es jetzt, *Stefan S. um ein Gespräch unter vier Augen zu bitten. Buz erzählt ihm von dem Gespräch am Frühstückstisch, und sagt: „Mein Sohn meint, du würdest uns nie und nimmer helfen! Und ich möchte, daß mein Sohn unrecht hat!"*

Undenkbar wäre es auch, daß der Stefan in Mings Konzert kommt und hernach sagt: „Ich hatte Tränen in den Augen – so schön war´s!"

Rehlein war ein bißchen enttäuscht, daß Buz von seiner Mitternachtsmahlzeit nichts in den Kühlschrank zurückgestellt hatte, so daß die Butter nun ganz weich, fast flüssig war.

Ich aber spielte mich als Anwältin auf, und berichtete plastisch von Buzens Erziehung:

„Ach Unsinn!" pflegte die Omi ständig zu sagen, und auf Buzens Schulterblatt ist ein unsichtbarer Lebensnavigator namens Ella befestigt, der gestern gesagt habe: „Ach Unsinn! Was willst du denn die Butter in den Kühlschrank stellen, Junge?"

Dann war Buz weg, und ich verstand mich so fantastisch mit dem süßesten Ming. Sogar über die Julia sprachen wir. Solcherart, als brenne Ming das Thema schon seit längerem auf leiser Flamme auf der Seele.

„Die Julia ist doch ganz geschickt!" sagte Ming gerührt über ein kleines gehäkeltes Lesezeichen in seinem Buch.

Ich erzählte Ming, daß sich das Julchen am Telefon meist betont unpersönlich und sekretärinnenhaft gibt.

Ming riet, es ihr zu sagen.

„Ist ja egal!" sagte ich rasch.

„Mir ist das ganz und gar nicht egal!" sagte der warme und anteilnehmende Ming.

Immer, wenn ich mich entfernen wollte, rief mich der süße Ming wieder zurück, dieweil´s ihn bei seiner Arbeit so beflügelt, wenn ich neben ihm stehe, und ihn launig beplaudere. Das fand ich so rührend von Ming, daß ich hernach vom freudigen Gefühl begleitet wurde, ganz viel Mingesaura getankt zu haben, mit der sich der Rest des Lebens deutlich besser bewältigen lässt.

Mittags trommelte Rehlein zum Mittagsessen.

Es war bereit 13:16, und um 13:22 wollten Britta und Christoph zum Proben kommen. Rehlein wurde davon ganz hippelig und nervös.

Es gab Tortellini mit roter Soße und einem köstlichen Salat. Das Essen mundete unglaublich, und ich sprach davon, daß ich es schade fände, daß so viele Kreaturen beim Fressen gar keinen Genuß zeigen können: Z.B. die Kühe auf der Weide und die Fische im Wasser. Viel schöner wäre es, wenn die Kühe beim Kauen ihren freudigen Genuß auch zeigen könnten. Oder aber, daß die Arbeiter auf der Straße freudig herbeiströmen würden, wenn Ming bei geöffnetem Fenster Beethoven spielt.

„Das wäre doch normaaaal!?" sagte ich – fragend und feststellend in einem.

Buzen ging Rehleins hibbelige Art auf den Wecker, und einmal steckte er sich gar – wie in der

Geschichte vom „Bad am Samstagabend" – je einen Zeigefinger in die Ohren.

„Dem Papa geht´s mit seiner Frau wie Herrn Lange!" sagte ich, doch Buz wollte gar nicht wissen, wie es Herrn Lange mit seiner Frau geht, und gleich nach „Lange" barschte er mich leicht an, daß ich immer nur solcherlei reden würde.

Da kam aber auch schon die Britta mit ihrer „hauchzarten Verspätung" und röhrte augenblicklich auf der Bratsche los.

Meinen Lieben hatte ich geraten, das Ganze als Tafelmusik zu nehmen, doch nun war´s uns doch ein bißchen zu laut, und scherzhaft richtete ich die Fernbedienung auf die Britta.

Ming hatte am Vormittag schon so bezaubernd gesagt, daß sein Kind später auch immer neben dem Flügel im Ställchen sitzen wird.

„Es stört nie!" sagte Ming, und für den Christoph ist dieser Traum schon Realität geworden, denn er hatte sein süßes kleines Töchterlein mitgebracht.

Diese Waderln und die kleinen Füßlein, die in sommerlichen Bioschuhen staken, so daß man die Zehlein sehen konnte. Ein Blickfang.

Als sich die Frau vom Christoph mit dem kleinen Kind entfernte, folgte ihr Rehlein extra zur Tür, da Rehlein kleine Kinder so goldig findet, und sich nicht satt daran sehen kann.

„Was willst duuu denn später mal spielen?" frug Rehlein neugierig.

„Cello!" sagte die Kleine.

Mutter und Tochter stapften hinweg. Die Mutter den Blick nach vorn in die Zukunft gerichtet, die Kleine das Haupt in die Vergangenheit auf Rehlein draufgebogen, und als das Gespann Rehleins Blickfeld bereits entzogen war, zeigte sich die Kleine nochmals, um Rehlein freundlich anzulachen.

Inzwischen war der Dodik gekommen, der zu den wenigen Spezerln Mings zählt, die noch ihre jugendliche Haarpracht auf dem Haupte tragen. Ming sagte launig: „Wenn *Du* Deine Perücke vom Kopf nimmst, so nehme ich die Meine ab!"

Die Sharon spielte bei offenem Fenster auf ihrer Violine. Extra, um es uns „zu geben" schraubte Frau Öttken nebenan ihr Radio mit billigsten Supermarktsklängen ganz laut, und stellte es so hin, daß es mitten auf unser Haus drauf lärmen mußte.

Am Abend, als der Tag kurz vor einem Regenguss stand, klingelte es an der Haustür, und unser treuer Sommergast Veronika kam zu Besuch.

Bald darauf saß sie bei uns am Tisch, und Ming erstattete einen Rapport über sein geplantes Abitur. Auf dem Tische waren Köstlichkeiten aufgestellt: Prinzenrollen und Mandelschokolade.

Die Rede wurde darauf gelenkt, daß die Veronika nun schon bald wieder in die Schweiz zum Wandern aufbrechen muß.

Der Herr Herberger sei mittlerweile so alt, daß er nicht mehr mitkommen mag. Schon eine ganze

Weile lang rechnet man mit seinem baldigen Ableben.

Zu später Stund kehrten Buz und Rehlein vom Konzert zurück, und wir saßen noch, wenn auch müd, an unserem ovalen Tisch, um über das Gehörte zu sinnieren und zu plaudern.

Sehr schön habe die Mechthild die Sonate von Janaček gespielt. Peter und Gloria, so Rehlein, hätten beim Smetana ein unglaubliches Getue gemacht – kaum zu glauben! Sie grimassierten und bewegten sich wie auf hoher See.

Die Linda hatte den Prospekt von ihrer Hochzeit am 31. August geschickt, dem zu entnehmen war, daß es sich um eine Sparhochzeit handelte, bei der hauptsächlich getanzt werden soll.

„Nach dem Ja-Wort gehen wir alle still und leise auseinander" – kamen die schwäbischen Gene von Mutti Bea zu Wort.

Dienstag, 29. Juli

Weißwölkig unauffällig

Beim Erwachen fühlte ich mich sehr angenehm ins Bett hineingebügelt. (In ein frisches, warmgebügeltes Bett.)

Buz hatte das Haus bereits in pädagogischer Mission verlassen, und so dümpelte ein Frühstück mit Sharon und Rehlein so vor sich hin. D.h. „dümpeln" kann man vielleicht gar nicht sagen, denn Rehlein redete so viel, daß es mir vor dem Gaste dran direkt ein bißchen peinlich war, zumal die Sharon, zwar mild und nett, bißl verschlafen, und - ohne den gebotenen Pfad der Höflichkeit zu verlassen - leicht geistesabwesend dasaß. Die in staksigem, so eifrigem Englisch vorgetragenen Geschichten, schienen der Sharon nicht so interessant, und somit ging´s ihr vielleicht so, wie es Rehlein in den siebziger Jahren mal mit einer „Frau Augustin" erging?

Einer nach Konversation ausgehungerten älteren Dame, die Buz und Rehlein nach einem Konzert in Singen kostenlos beherbergte, und bis in die frühen Morgenstunden beschnatterte...

Zuerst erzählte Rehlein, wie ich als Kind gerne mit Schuhspannern gespielt habe. Rehlein weiß ja von Ming, daß die Sharon sich sehnlichst Kinder wünscht, und dennoch kleidete sie das, was sie schon wußte in eine Frage: Ob sie sich wohl Kinder wünsche? Man stellt sich ein bißchen dumm, um sich noch besser Gehör zu verschaffen.

Die Sharon lächelte zärtlich und verklärt – ein Lächeln, das Antwort genug war.

„Liebend gern!" schien es zu sagen.

„Next year you will have twins!" prophezeite Rehlein auf die entzückende Weise einer älteren Dame, „John & James!"

Doch der Sharon gefallen beide Namen nicht.

„No & no!" lachte sie, nicht wirklich übermäßig amüsiert, so doch gutmütig.

„Beim Namen „James" wurde in Rehleins Hirngewinde die Geschichte vom „Dinner for one" geöffnet, und nun erzählte sie der Sharon diesen köstlichen Sketch, über den sie und der Opa stets Tränen gelacht hätten, auf eine leicht umständliche Weise.

Nach einer Weile kam Frau Münch, um die Programme für mein Konzert in Bad Bramstedt vorbeizubringen. Ich freute mich sehr zu hören, daß Frau Münch das Eröffnungskonzert ganz exzellent gefallen hatte, und am bewegendsten fand sie die Franck-Sonate mit Buzen. Da fiel mir in doppelter Hinsicht ein Stein vom Herzen, da ich unterschwellig immer gebangt habe, Buz könne Frau Münch auf Künstlertypenart beständig übersehen?

Mittags verkündete Ming, daß wie heute mit Herrn Budde im „Twardokus" essen würden.

Ming war noch ganz erfüllt von einem Spaziergang am Hafen mit seinem ehemaligen Professor Herrn Budde, den man – einst als Lichtgestalt verehrt - in reifen Jahren nun als Privatmenschen kennenlernen durfte.

Ich bekam ein bißchen Bammel, daß Herr Budde vielleicht nicht die geringste Wellenlänge zu mir hätt?

Ein Herr, von welchem ich ja schon wußte, daß er zumindest in Rehlein eine Logorrhöh auszulösen pflegt. Und doch hatte ich einen leichten Bammel vor diesem Miteinander, denn es könnte doch so sein: Herr Budde hat zu allen Leuten die fantastischste Wellenlänge, die man sich nur wünschen kann. Bloß ich sitze in seiner Aura, und werde dabei so müd, daß mir nicht *ein* Wort zum Plaudern einfällt.

Ein Themenaspekt, mit dem ich Rehlein nun aufgeregt bequasselte.

Vielleicht wäre es ratsam, sich zehn Geistesblitze zu notieren, an denen sich eine spritzige Unterhaltung entfachen ließe? überlegte Rehlein für mich.

Dann fuhren wir ab.

Beim Radeln frug ich Ming, ob ich wohl so tun dürfe, als sei ich Mings Mutti? Ob Herr Budde dies wohl glauben würde? Vielleicht denkt er: „Donnerwetter! *Die* Frau hat sich aber gut gehalten!"

Vielleicht denkt er aber auch gar nichts.

Vor dem Twardokus wartete bereits das Julchen und schaute (scherzend gemeint) demonstrativ auf die Uhr. Mich beachtete sie überhaupt nicht.

„Hallo!" sagte ich allerdings nett. Weniger nett wäre es gewesen, ich hätte gesagt: „Hallo, übrigens!" und die Julia schenkte mir ein fleischfarbenes Lächeln.

Herr Budde schaute aus wie Glasunow, und hatte so eine liebenswerte Art sich zu erheitern.

Buz saß ebenfalls schon da, und verdarb mein Vorhaben, mich als Mings Mutti auszugeben, indem er mich gleich als „sein Töchterlein" vorstellte.

Neben Buz saß der listig wirkende und glattrasierte Dirigent Döner, den ich zunächst vorurteilsvoll in eine zweifelhafte Ecke in meinem Hirn schob, da er neben dem lieben harmlosen Buz, der selbst in ärgerlichem Zustand noch ein kleines Augenzwinkern dazwischenblitzen lässt, so überaus verschlagen und künstlergeckenhaft wirkte.

Allgemein wartete man auf den „Akihito" einen sumokämpferartigen Fagottisten. Kollegial und freundschaftlich nennt man ihn Akihito, obwohl sich diese nackte und bloße Anrede für ein japanisches Ohr grauslich ausnimmt.

Akihito-Sama oder zumindest –san sollte man sagen, da dies den Namen veredelt und verhöflicht.

Ich stellte mir vor, daß sich der arrogante Professor zunächst einmal von einer höchst liebenswerten Seite präsentiert, und wie ich ihm sagen könnte: „Sie brauchen nicht so höflich zu tun. Ich weiß ja, daß Sie hocharrogant sind. Ich habe Sie einmal in der Post in Trossingen bei einer Hocharroganz einem armen Postbeamten gegenüber beobachtet!"

Nun sprach man allgemein über das Thema Arroganz, und erzählte einander wie hocharrogant der Taktstockschwinger Celibidache über die amerikanische Posaunisten Abbey C. gesagt hat, sie sähe aus wie ein Seehund – er könne sie in seinem Blickfeld einfach nicht ertragen. Sie solle weg…weg, weg, weg! Und überhaupt: Was hat eine Frau hinter einer Posaune zu suchen?!? Sie solle lieber daheim bleiben, und ihrem Mann die Pantoffeln hinterhertragen.

Wie saßen da, und ich lächtelte oftmals warm zu Herrn Budde hin – mir einredend, dies sei Alexander Glasunow der das wunderbare Violinkonzert geschrieben hat, und man befände sich im Jahre 1927!

Man erzählte einander, wie der Celibidache aus reiner Bosheit sämtliche Solisten vergrault hat, indem er beispielsweise so langsame Tempi anschlug, daß sich auch der flexibelste Solist nicht mehr gescheit in die Begleitstimmen betten konnte. Der Bogen war schlicht zu kurz dafür.

Auf dem Heimweg erzählte mir Ming, daß Dodiks Bruder, ein Pianist, der aus der Ferne angereist ist, eigentlich immer nur einen erstaunten Gesichtsausdruck hat, und machte ihn mir vor.

Doch der vermeintlich erstaunte Gesichtsausdruck gab Ming einen grenzdebilen Anstrich.

Der Dodik wiederum habe sich im Banne seines großen Bruders vollkommen verändert, und fühlt sich mit einemmale gänzlich fremd an.

Als Rehlein soeben das Haus verlassen wollte, begegnete sie Frau Lüvers, die sich anschickte, uns wieder unzählige Kuchenstücke zu überbringen.

Die vielen Blumensträuße vor unserer Türe stammten auch von ihr, und außerdem hatte sie Kleidungsstücke für mich gekauft, von denen Rehlein sich nicht so recht vorstellen könne, daß sie mir gut zu Gesicht stünden? Einen braunen Rock und eine weiße Bluse – Größe 42.

Am frühen Abend kam der süße Ming in mein Zimmer, und sprach so nett darüber, daß ich doch die Allerkünstlerischste unter den Sommergästen sei.

Etwas, auf das ich noch gar nicht gekommen war: Daß Ming mit seinen Mitinterpretierern unzufrieden sein könnte!

Ming erzählte, daß er nicht so ganz schlau aus der Sharon würde. Heute hatte man erstmals die Strauß-Sonate miteinander geübt. Ming weiß nicht einmal, ob sie die Strauß-Sonate überhaupt mag, oder nur zu jenem Zwecke einstudiert hat, weil es galt, eine Lücke im Repertoire zu schließen, und es zum guten Ton eines Violinisten zählt, diese Sonate „im Gepäck zu haben"?

Ich finde, daß das Stück so jüdisch klingt, obwohl es doch von einem Nazi komponiert ist.

Wir fuhren als Familie zum Konzert nach Uttum. Doch nicht sehr lang. Bereits auf dem Parkplatz von „Brems Garten" wechselte Buz ins Auto seines Spezis Toni S.. Durchs Hinterfenster dieses schicken Autos konnte man sehen, daß Buz ganz anders war als sonst. Lebhaft und plauderfreudig. In fröhlicher Erheiterung entblößte er seine Zähne, die in Buzens liebem Gesicht wie Milchzähnchen wirken.

Auf der Weiterfahrt entwarf Ming ein sehr ernüchterndes Bild der Musiker: Er erzählte, daß die Sharon alle Musiker schlecht findet. Somit konnte man an ihr, die übend in unserem Heim zurückgeblieben war, und die man für so toll gehalten hatte, gar keine rechte Freude mehr empfinden.

Schließlich waren wir in Uttum.

Im Konzert fühlte ich mich sehr einsam. Neben mir saß der Dodik, doch gegen seinen Bruder mit dem stets erstaunten Ausdruck im Gesicht brachte ich bereits, bevor man einander kennengelernt hatte, ein Vorurteil mit. Ich hielt ihn für neurotisch, arrogant und unnahbar, so daß ich es nicht wagte, mich ihm vorzustellen – und auch der Dodik kam nicht auf die Idee, uns miteinander bekannt zu machen.

Ganz fantastisch spielte das Jade-Quartett ein Streichquartett von Györgi Ligeti.

In der Pause war der Garten so schön mit bunten Glühbirnen behängt, doch ich fühlte wieder jene innere Leere, da ich zu kaum jemanden den Draht finde. Also besuchte ich das Jade-Quartett im Künstlerzimmer, und mir schien's, als seien dies meine allerbesten Freunde. Besonders mit der Gina umarmte ich mich warm und intensiv.

Ming und Julchen standen mit einer Käseplatte unter den Konzertbesuchern und unterhielten sich mit jenem Ehepaar aus Emden, wo ich die Frau nicht so mag, und mit dem ich einst den langweiligsten Abend meines Lebens verbracht habe, und doch war nun wieder von einem gemeinsamen Abendessen im Fischhuus die Rede.

Nach der Pause spielten die Jades Schuberts G-Dur Quartett. Ein Werk, das sich Herr Reimer für seine Beerdigung wünscht.

Herr Budde fand es unmöglich, daß man nach diesem erschütternden Werk einen brummigen Mendelssohn als Zugabe gegeben hat.

Mittwoch, 30. Juli

Weißwölkig

Als ich nach Mitternacht in meinem Schaukelstuhl saß und dichtete, hörte man ein geradezu unglaubliches Rascheln in den Wänden, so daß ich sogar zu ganz später Stund noch nach der Sharon schaute.

In Sharons Zimmer brannte Licht, und die Sharon lag im Bett und las. Über die Geräusche, die vom Speicher herrührten, lachte sie laut und vergnügt.

Zweimal öffnete ich die Speichertüre mit lautem Gequietsche, so daß man damit rechnen mußte, Rehlein geweckt zu haben.

Tatsächlich: Rehlein trat aus der Türe, und mutmaßte, daß es sich um eine Eule handeln könne, die durch das geöffnete Fenster in den Speicher hereingeflogen sei. Ich wiederum dachte an ein Nest unter der Matratze, die dort ungenutzt herumsteht, in welchem in der Nacht überraschend sechs kleine Pelikane geschlüpft sind?

Die Hilde hatte mir eine Geburtsanzeige und hinzu einen sehr netten, langen Brief geschickt: Über das kleine Töchterlein schrieb sie: Aus dem Fräulein Schlafe-Schlafe, wurde nach drei Wochen ein Fräulein Schreie-Schreie! Na, dies konnte man sich bildlich vorstellen. Der kleine Yussuf sah auf einem Foto so froh aus, dieweil er sich so sehr über sein kleines Schwesterlein freut, das bald groß genug ist, um mit ihm zu spielen, und ihm Geschichten zu erzählen.

Für´s Saitospiel* wäre es jedoch vielleicht besser gewesen, man hätte sich schon vor zwei jahren zu diesem bedeutungsvollen Schritt entschlossen.

*Die Saitos: 𝕰in 𝕳ausmeisterehepaar in 𝕵apan, das uns 𝕶inder fasziniert hatte, so daß wir den ganzen 𝕿ag „𝕾aito" spielten. 𝖂ir führten ganz und gar das 𝕷eben der 𝕾aitos, statt uns um unsere eigenen 𝕭elange zu kümmern.

Ming und ich krempelten das seltsame Empfinden, das wir für Dodiks Bruder gehegt hatten einfach um. Gerührt erzählte ich, wie tief die Brüder das gestrige Konzert empfunden hätten. Sie saßen in der Kirchenbank, genossen jede Nuance und freuten sich über kleine kompositorische Scherze, die sich vielleicht nur dem Kenner offenbaren? Dadurch wurden wir Geschwister sehr warm für die Brüder eingestimmt.

Am Vormittag saß ich wie auf Kohlen, weil mein Lebensweg ständig mit Dicht- und Übsollungs- brocken verrumpelt ist.

Jede Sekunde sollte ich nützen, und um elf Uhr kam doch meine liebe Maria.

Mit einem leicht fettigen Bogen übte ich Beethovens Sonate op. 96, als die Maria mit ihrer gelbgefärbten Frisur das Zimmer betrat.

Im Schaukelstuhle sitzend lauschte ich den Früchten von Marias Bemühungen. Ein jugendlich engagierter Lehrkörper hätte eigentlich nach jedem Ton „Halt!" schreien und etwas Pädagogisches anmerken müssen, doch man muß bedenken, daß doch der Schüler mit ganzem Herzen dabei ist, und genau so spielt, wie er das eben hören will.

Die Maria spielt gern vor, und möchte auch nicht alle Nas lang unterbrochen werden.

Marias Mann Ewald hatte mir so nett die Aufnahme von Shlomo Mintz überspielt, und sogar die Tonarten dazugeschrieben, obwohl er als Arzt praktisch immer in Zeitnot ist.

Von der Treppe aus sah ich von oben Beine in gestreiften Beinkleidern, die ich noch nie gesehen hatte. So öffnete sich in meinem Gehirn automatisch das Mutmaßungsdoc. Doch bevor ich überhaupt losgemutmaßt hatte, sah ich, daß es sich um die treue Frau Schulze handelte, die Rehlein ein Riesenblech mit selbstgebackenem Kuchen und hinzu noch eine imposante Sammlung an Zeitungsausschnitten über den Musikalischen Sommer mitbrachte.

Mittags kamen Britta & Christoph, und im Musikzimmer probten wir so vor uns hin.

Einmal sagte der Christoph: „Wir haben noch nicht einmal einen Namen!"

„Doch. „Ostfriesisches Streichtrio"" sagte ich unschuldig.

Theoretisch könnten wir uns ja Mühe geben, das beste Streichtrio der Welt zu werden, und uns „Uttumer Klaviertrio" nennen.

Für den Nachmittag hatte Rehlein Herrn Budde eingeladen, und nun saß die ganze Familie, inklusive Sharon gespannt am Tisch, und alle versuchten, an Herrn Buddes sprudelndem Geist zu nippen.

Rehlein erzählte, daß sie Beethoven so reichhaltig fände, doch ich wiederum meinte daß Beethoven weniger reichhaltig sei. In der Kargheit läge seine Größe. Er habe es geschafft, aus Tonleitern und Dreiklängen das Gesamtwerk Beethovens zu schaffen. Das solle ihm erstmal jemand nachmachen!

Abends besuchten wir das Konzert in Holtrop.

Ich saß auf dem allerletzten schäbigen Stuhl neben Frau Förster.

Zuerst versank ich zu den einführenden Worten von Herrn Budde in einen tiefen Schlummer, aus dem ich emporschreckte, als der Applaus aufbrandete. Dann hätte ich so gerne weitergeschlummert, aber jetzt ging´s irgendwie nicht mehr. Toni Steck spielte atemberaubend virtuose Barockmusik, der Rundbogen schien mit 300 km/h über die Saiten zu stürmen, so daß man ihn multipel sah.

In der Pause bog sich Herr Budde vor Lachen über seine Schüttelreime und wirkte in seiner Erheiterung so entzückend.

Nun war es bereits 22 Uhr, und Ming & ich bekamen Angst, daß Buz sich in seiner Programmplanung verschätzt haben könne, und das Konzert eventuell sogar in den neuen Tag hinein ragen könnte?

Zum Schluß blies der Dodik eine humorige Zugabe, bei der man seine Klarinette immer kleiner schrauben mußte.

In der „Glücksformel" (währenddessen) las ich das, was ich schon geahnt hatte: Daß Glück nämlich rasch zur Gewohnheit wird. Nur das Streben nach Glück ist interessant.

Donnerstag, 31. Juli

Sonnig

Als ich noch im Bette lag, vernahm ich unten in der Stube Mings voluminöse und tragende Stimme.

Ich brannte regelrecht auf Mings Psychologate über die Konzerte, bzw. in Mings Worten das zu hören, was ich doch ohnedies schon weiß? Daß die Klarinettenwerke, derart gehäuft, zu langweilig wären.

Bald kam die Post. Die Möllers schickten Rehlein ein schelmisches Kärtlein aus dem Urlaub:

„Wir denken nur selten an Aurich zurück. Dafür aber öfters an nette Nachbarn!" und das süße Rehlein freute sich riesig darüber. Man denkt also an Rehlein, und löst Rehlein zu diesen Denkungen aus Aurich heraus, um sie gedanklich im fernen Norwegen zu bebrüten?

Mir hatte die alte Frau Max einen Brief geschrieben. Ähnelnd Jochen Prusch duzte sie mich einfach, da sie mittlerweile für mich empfindet, wie für ein Enkelkind!

„Nur daß ich von meinen Enkeln nie so bezaubernde Briefe erhalte!" schrieb sie warm und erfreut, und sogar ein Foto hatte die rüstige 83-jährige beigelegt: „Mit meiner Nichte Ines beim Wandern!" las der Interessierte auf der Rückseite.

Am Nachmittag besuchte uns Franziska Meyer, die uns ihren kleinen Johannes zeigen wollte. Sie verspätete sich um mehr als eine halbe Stunde, und brachte sogar ihre Schwiemu Frau v. Hillebrand-Anrade, eine zirka 61-jährige solargedörrte Lilo Pulver-Variante, mit. Neckisch frug ich diese Dame, ob sie ihren Sohn wohl nach Udo Jürgens benannt habe?

Wir bestaunten das süße kleine Baby mit den abstehenden Ohren, das so wach und interessiert wirkte. Der kleine Schatz stand ganz im Fokus des Entzückens, und sogar den blauen Picasso-Esel holte ich herbei, den Rehlein uns Kindern einst genäht hatte. Einen Esel in Originalgröße, aussehend wie von Picasso gemalt.

Am Tresen im Fitnesklub sprach mich ein netter Herr sehr höflich und schüchtern darauf an, wie sehr er meine Kunst bestaune.

Auf dem Heimweg traf ich Frau Lüvers mit ihrer rumänischen Helferin, die direkt ein bißchen zur Eile drängte, weil doch die Banken schlössen. Doch Frau Lüvers machte gleich aufgeregte Worte drum, daß es viel wichtiger sei, mich zu fotografieren, und zur Bank könne man morgen immer noch.

Wir fuhren nach Ditzum, einem Ort bei Jemgum.

Mit von der Partie waren Veronika und Herr Budde. Buz machte zu Beginn der Reise ein etwas gönnerhaftes Getue um Rehleins Schreckensausrüfe bezüglich der Anschnallerei.

„Einfach mit den Händen!" sagte er gönnerhaft, dieweil er Herrn Budde stärkend an seiner Seite fühlte.

Die Veronika erzählte, daß ihr Vater oft kränklich war, so daß die Veronika Angst hatte, er könne sterben. Und eines Tages - wenn auch nach ganz, ganz vielen Jahren - starb er tatsächlich.

Veronikas Mutti sage manchmal: „Nimm dir ein Beispiel an der Kika! Was ist das doch für eine nette Tochter!"

„Die hat aber auch eine ganz nette Mutter!" kontert die Veronika dann.

Veronikas Mutter hätte es gern, wenn die Tochter etwas zärtlicher und herzlicher mit ihr umspränge, doch dies ist einfach nicht Veronikas Art.

Einmal besuchten wir kurz die Kirche von Midlum, um Herrn Budde zu zeigen, daß dort der ganze Weg zum Kirchenportal mit Muscheln ausgelegt ist. Direkt dort, wo das Auto hielt, befand sich eine schöne Bank, auf die man sich so gerne gesetzt hätte, wenn man der Zeit nicht immer bloß hinterherhinken würde. Und so psychologisierte ich mit Herrn Budde über jenen Aspekt, daß man immer auf der Suche nach einer Bank sei. Doch wenn man dann eine Verweilbank unter einer tausendjährigen Eiche mit raschelnder Blätterhaube entdeckt, so hat man keine Zeit.

Herrn Budde ging es unlängst genauso: Er kaufte sich die FAZ, an einem Tag, wo sogar ein Sonderheft über die Natur mit eingeschlungen ist, und wollte sie genüsslich entblättern.

Doch er fand keine Bank.

In der Pause beteiligte ich mich an einer Umfrage über die Kulinarien des Musikalischen Sommers, da man eine Reise nach Baltrum gewinnen könne. Ich fand die Dame, die bei den Ankreuzbögen stand so nett, und mutmaßte, daß die meisten Leute Angst hätten, daran teilzunehmen, weil sie etwas falsches ankreuzen könnten.

Personenverzeichnis:

Andi, Onkel mütterlicherseits in Blankenfelde (*1949)
Andreas, Herr & Frau, befreundete Eheleute in Grebenstein (*1920 / 1926)
Annelotte, (*1968) junge Flötistin aus Wien
Antje, (*1939) Lieblingstante in Bonn
Ayla, (*2003) Töchterlein von Buzens Exe Hilde
Bea (Beätchen), (*1943) Tante mütterlicherseits in Kalifornien
Bloser, Herr, (*1947) mein Klavierlehrer in Trossingen
Britta, (*1974) Schülerin Buzens
Budde, Herr, (*1935) ehemaliger Musikgeschichtsprofessor Mings
Buz, (*1938) unser Vater
Dodik, Bläser aus Rußland (Geburtsjahr unbekannt)
Dölein, (*1936) Lieblingsonkel in Amerika
Eberhard, (*1947) Onkel väterlicherseits in Berlin
Evchen, (*1959) ehem. Arbeitskollegin von der Omi, die sich die Omi als Anjammerungstante auserkoren hat
Friedel, Lieblingsvetter in Bonn (*1962)
Fritzi, (*1970) Ehemann von Mings Exe Gersi
Frühwirth, ein Bündel an uralten Schwestern in Ofenbach
Gabi(lein), (*1961) Frau von unserem Onkel Eberhard
Gerswind, (*1964) uneheliche Exe Mings
Han-Lin, (*1974) Studentin Buzens aus Taiwan
Herwig, Meistercellist aus Wien (*um 1963)
Hess, Sebastian, (*1970) Meistercellist aus Bayern
Heike, Herr, (*1933) vielseitiger Herr, Professor, Komponist, Geigenbauer…
Heiner, (*1962) Vetter in Bonn
Hilde, (*1964) Exe Buzens
Irma (Irmi), (*1937) Witwe von Opas Bruder Otto in Kiel
Ivo, (*1955) Geiger im Streichquartett von Rehlein und Buz. Mitglied einer Popband.
Itzebrand, Klarinettenbläser aus den Niederlanden
Jade-Quartett, asiatisches Streichquartett, das von Buzen domptiert wird. Han-Lin, Lisa, Wembo und Gina
Julia (Julchen), (*1983) Mings neue Liebe

Kathi, (*1986) Tochter von unserem Onkel Eberhard

Kläuschen, (*1934) liebster – wenn auch angeheirateter – Onkel in Bonn

Konrad, (*um 1969) Ehemann von unserer Freundin Margarethe

Konstantin, Wanderarbeiter aus Rumänien

Linda(lein), (*1973) älteste Tochter von unserer Tante Bea in Kalifornien

Lisel, (*1932) Ehefrau von unserem Onkel Andi in Blankenfelde/ Brandenburg

Lüvers, Frau, (*1937) ganz nette Frau in Aurich

Margarethe, (*1970) Freundin in Karlsruhe

Marius, (*1998) Söhnchen von unserem Vetter Heiner in Bonn

Mistom, Jan, Klarinettenbläser aus den Niederlanden

Mobbl, Omi, (1910 - 1999) Omi mütterlicherseits

Nani, (*1948) Entfernte Verwandte in Graz

Nemec, Familie, dreiköpfige Familie in Lingen

N. Johannes, (*1942) liebster Freund

Opa, (1909 – 2002)

Poppi, (*1943) wohltätiger Nachbar in Ofenbach

Prusch, Jochen, Geiger in Tübingen (Geburtsjahr unbekannt)

Rifflein, (*1978) einziger Sohn von unserer Tante Bea in Amerika

Seibel, Frau, Klavierlehrerin aus unserem Bekanntenkreis

Schinke, Frau, (*1934) meine einzige Schülerin auf der Bratsche

Schöffel, Herr, philosophisch veranlagter Herr

Sharon, Geigerin aus den USA (Geburtsjahr unbekannt)

Swetlana, Pianistin

Uta (Utelchen), (*1936) Tante mütterlicherseits

Ute M., (*1963) liebe Freundin in Herrenberg, Baden Würtemberg

Valerie, (*1964) ehemaliges WG-Mitglied in Trossingen

Vanni, (*1966) Vetter aus Rom

Veronika, (*1945) unsere beste Freundin in Nürnberg

Vitzthums, Eheleute in Ofenbach (*1936/1957)

Wembo, (*1980) Bratschenschüler Buzens. Bratscher im Jadequartett

Wies, Eheleute, (*1940) Omis Helferin in Grebenstein

Weiter geht's im nächsten Band
Erscheint am 4. Juli 2022